Seo Yuuri
瀬尾 優梨
ill. 岡谷 Okaya
大公妃候補
だけど、堅実に行こうと思います

口絵・本文イラスト
岡谷

装丁
AFTERGLOW

Contents

1章　令嬢、一念発起する

「テレーゼ！　どこにいるの、テレーゼ！」

見てくれと敷地面積ばかり立派な侯爵家の屋敷に、女主人の裏返った声が響き渡る。

使用人たちがおろおろと見守る中、「侯爵夫人」という肩書きにしては質素すぎるワインレッドのドレスを纏《まと》った婦人が、ずかずかと廊下を闊歩《かっぽ》していく。

「テレーゼ、お客様よ！……ああ、エリオスね。テレーゼはどこ？」

「姉様はさっき、『いいことを思いついた！』とおっしゃいながら裁縫部屋に行かれました」

そう答えるのは、母とすれ違った侯爵家の子息。十歳くらいの少年は、落ち着いた態度で姉の居場所を答える。

「大量の端切れを抱えてらっしゃったから、バザー用のパッチワークでもしているのではないでしょうか」

「――何事ですか、お母様」

エリオスが説明していると、廊下の奥から妙齢の娘がひょっこりと顔を出した。

髪は母親と同じ、桃色がかった金髪。眩《まぶ》しい日光の下では白っぽく、暗い廊下では茶色っぽく見える不思議な色合いだ。ぱちくり瞬《まばた》きする目は、春の川辺に咲くすみれの色。染みソバカスひとつない真っ白な肌によく映えた、優しい色合いである。

たぐいまれな美貌《びぼう》を持つ彼女だが、着ているドレスは流行遅れで、普通の貴族からは「化石」と呼ばれる代物である。緩く波打つローズブロンドの髪は下ろせば腰までの長さになるのだが、今は邪魔にならないように紐《ひも》で雑にまとめていた。弟の言うように作業中だったらしく、腕にはまち針で布同士を留めただけの作りかけのパッチワークが抱えられている。

「裁縫部屋までお母様の悲鳴が聞こえてきました。虫でも出ましたか？」

「まあ、失礼な！　虫くらいわたくし一人で捻《ひね》り潰《つぶ》せます！　そうではなくて……あああっ！　こんなに糸くずまみれ！　今日に限って一張羅を洗っているなんて……運の悪いこと！」

侯爵夫人は娘に歩み寄ってその腕からパッチワークを取り上げると、ポンポンと粗末なドレスを叩《たた》く。そしてその場で娘をくるくると回転させ、服のあちこちに付いていた細かい糸くずを取り払った。

おとなしくその場で回転していた娘は、はてと首を傾《かし》げる。

「ずいぶん興奮なさっていますね、お母様。何か急用でも？」

「来客です！　テレーゼ、あなたに用事があるとのことで、お城から使者の方がやって来られたのです！」

母のひっくり返った声に、マイペースなテレーゼも目を瞠《みは》った。

「お城って……大公様の使いってことですか？」

「ええ！　騎士の方がお越しで、テレーゼ・リトハルトを出すようにおっしゃっているの！　詳しいことは、本人に会ってからということで……」

「わ、私《わたし》、何も悪いことはしてませんからね！」

「分かっています！……ああ、時間があればわたくしのお古を着せるのに。仕方ありません、すぐ応接間へ！」

「え、もうですか？」

「へえ……姉様、ついに城から呼び出しですか」

「だから悪いことはしていないわよ！……ええと、この前肉屋のタイムセール中に、お使いらしい騎士様の目の前でお肉を確保しちゃったくらいで」

「してるじゃないですか」

「してたわ！　誠心誠意お詫《わ》びしてくるわ！」

テレーゼは真っ青になると、捲《まく》っていたドレスの袖《そで》を下ろしつつ、まろぶように応接間へ向かった。


テレーゼが暮らすアクラウド公国は、緩やかな丘陵地帯に公都を構える、歴史のある中規模国家だ。

現在公国を治めるのは、昨年末に父親の跡を継いで即位したばかりの御歳《おんとし》二十歳の大公・レオンである。即位間もないのだがなかなかのやり手で、父の代からの課題であった治水・灌漑《かんがい》工事の活性化、税金や他国との交易問題などの解決にも積極的に取り組んでいた。

テレーゼはリトハルト侯爵家という、名前と家だけは立派な侯爵家の長女として生まれた。リトハルト家も数代前は城の大臣や側近などを輩出していたものだが、それも今では過去の栄光。

祖父の代に起きた大飢饉《だいききん》によって侯爵領は壊滅の危機に瀕《ひん》し、侯爵家の財産を全《すべ》て擲《なげう》って復興に努めることでなんとか持ち直した。

だがその飢饉がきっかけなのか、リトハルト侯爵領はたびたび水害などに悩まされてなかなか土地が肥えなくなってしまった。国から配分される資金を毎年領地開拓に充てている状況であるため、侯爵家一家が自由に使える金はいまだになかなか貯《た》まらない。

領民は救えたものの、侯爵家はそれ以降金庫が空っぽになり、名門侯爵家にあるまじき質素な生活を送らざるを得なくなったのだ。そんな状況でも、祖父や父は「領民を飢えさせるくらいなら、我々の食事は三食もやし炒《いた》めで構わない」という考えなのだ。

(せめて、エリオスたちの将来は確保してあげたいのだけれど……)

応接間に向かうテレーゼの足取りは重い。

十八歳になった今、テレーゼ自身は自分の未来についてある程度諦《あきら》めがついていた。だが、彼女には弟のエリオスと二人の双子の妹がいる。

(私はもう仕方ないとして、跡継ぎのエリオスにはせめて大学院まで通わせてあげたいし……マリーとルイーズにも、いい縁談が来るようにしてあげたいのよね)

テレーゼは十二歳で幼年学校を卒業した後、淑女教育を受けるために女学院に進む同級生たちに別れを告げ、侯爵家の助けとなるべく実家に戻った。そして刺繍《ししゅう》の代わりに裁縫を覚え、自ら炊事場に立って節約料理を開発するようになった。曇りの日には母と一緒に庭に出て、草むしりと虫退治。薪割《まきわ》りだってお手の物だ。雑巾《ぞうきん》絞りの速さなら、使用人たちにだって負けない。

父は普段領地で暮らし領民と共に畑を耕しているので、公都にある屋敷を守るのは母と、長女であるテレーゼの役目だった。日々の生活のやりくりをするのでいっぱいいっぱいだから、テレーゼは年頃《としごろ》になっても令嬢デビューすることはなく、成人の報告も書面だけで済ませてしまった。もちろん、若き大公との接点もない。

（やっぱりこの前、騎士様の目の前で干し肉を取ったのがいけなかったのかしら）

夕方のみのタイムセール、干し肉一袋で二ペイル。お一人様一袋のみ。

並み居る強敵――市民階級のおばちゃんたち――をひらりひらりとかわしながら肉売り場にかじりついたテレーゼは、騎士団の制服姿の男性が手を伸ばした目の前で、肉の袋をかっさらったのだ。

別に、暴力を振るったわけでも他人のものを強奪したわけでもない。城下町ではごく普通の行動なのだが、それが高潔な騎士の機嫌を損ねてしまったのかもしれない。

どのようにして謝罪しようかと考えているうちに、応接間に到着してしまった。おそるおそるノックすると使用人が応《こた》えたため、ドアを開けさせる。

（……仕方ないわ。テレーゼ、腹を括《くく》りなさい！）

テレーゼはふんっと気合いの鼻息も荒く、せめて少しでも威厳を見せようと胸を張って応接間に足を踏み入れた。

調度品がほとんどなく、面積ばかり立派な応接間。他の部屋はともかく、客人を通す場所であるここだけは普段から念入りに掃除をするよう使用人たちに命じているため、清潔感はあった。

そんな応接間の中央に据えられている、家族全員で大切に使ってきた年代物のソファ。そこには今、立派な体躯《たいく》の青年が座っていた。

纏っているのは、騎士団の制服であるモスグリーンの軍服。襟には階級を表すらしきバッジが付いていたが、軍事階級に明るくないテレーゼにはよく分からなかった。

少し硬質そうな髪は一見、漆黒かと思った。だが彼がこちらを向いた際に窓から差す光が当たり、渋い茶色であることが分かった。切れ長の目は濃い緑色で、微《かす》かに目を細めてテレーゼを見つめてきている。

テレーゼより二、三歳は年上だろう、剛健さの中に気品と物腰の柔らかさを持つ彼は立ち上がり、軍人の礼をした。立ち上がってみて分かったが、彼はテレーゼより拳《こぶし》三つ分ほど背が高かった。成人男性の中でも長身の部類に入りそうだ。

「お初にお目にかかります。私はアクラウド公国近衛《このえ》騎士団第二番隊所属、ジェイド・コリックと申します。突然の訪問をお許しください」

「テレーゼ・リトハルトです。公城からようこそお越しくださいました」

テレーゼが母親からたたき込まれた淑女の礼で応えると、ジェイドは穏やかな笑みを浮かべた。彼は大柄で威圧感があるわりに表情も声も柔らかいので、テレーゼも少しだけ緊張をほぐすことができた。

老年の執事が、手際よく二人分の茶を淹《い》れた。この茶葉はリトハルト家では最高級品にあたる客用なのだが、近衛騎士の口には合わないかもしれない。

（それに……コリックというのは貴族の家名だわ。大丈夫かしら……ペッと吐き出されたりしないかしら……）

だがテレーゼの心配は杞憂《きゆう》に終わり、ジェイドは上品な仕草で紅茶を飲んだ。まずそうな反応や不快そうな表情をすることもなさそうで、一安心である。

「ジェイド様ですね。此度《こたび》は大公様のご命令で、このような粗末な屋敷にいらっしゃったということですが……やはり、干し肉の件でしょうか。その節はたいへんご迷惑をおかけしました」

「干し肉？　いえ、そのような話は伺っておりません」

「あら？」

「それより……つかぬことをお伺いしますが、テレーゼ様は、大公閣下についてどれほどご存じでしょうか」

「え？　ええと……大公様は御歳二十歳で、独身。髪は金色で、目はブルーの、たいそうお美しい方だということくらいしか……」

「それだけご存じでしたら十分です」

ジェイドは満足そうに頷《うなず》いた後、鞄《かばん》から一通の封筒を出して、不可解そうな表情をするテレーゼに差し出した。

「大公閣下もそろそろ、花嫁を迎えることを考えてらっしゃいます。よって、伯爵家以上の身分の令嬢を花嫁候補とし、公城にお迎えすることになったのです」

「……は、はい？」

差し出された封筒を受け取ろうとしたテレーゼは思わず裏返った声を上げてしまったが、ジェイドは構わず続ける。

「もう既にお察しかもしれませんが、リトハルト侯爵家の長女であり、大公閣下と年齢も近いテレーゼ様にもお声が掛かりました。候補に選出された令嬢は、約三十名。彼女らと共に一ヶ月間公城で過ごしていただき、大公妃にふさわしいかを調べることになったのです」

「わたくしが……」

テレーゼは言葉を失った。

（私のような隅っこ貴族が、大公様の花嫁候補？）

城下町のスラングに、「ブタも空を飛ぶ」というものがある。あり得ないことが起きるものだ、という意味だが、まさに今のテレーゼの心境である。

封筒を受け取って中の書類を確認すると、余計な美辞麗句ばかりで目が滑ってしまいそうな文面には確かに、「侯爵令嬢テレーゼ・リトハルトを、レオン・アクラウド大公の花嫁候補とする」との旨が記されていた。大公や大臣たちの印も捺《お》されているので、ドッキリや冗談ではなさそうだ。

（大公様は、私が腐っても侯爵家の称号を持つ娘だから、候補に入れたのよね……きっと）

腐ってもどころかもう既に堆肥《たいひ》と化してしまっているようなものだが、大公と年齢が近く、一応侯爵家の身分も剥奪《はくだつ》されていないから、仕方なく候補に挙げただけ——だろう。

……だが。

（あり得ない。私《わたし》が妃《きさき》になれるはずがないわ）

　難しい顔になったテレーゼは、ジェイドに問うてみた。

「……選出された令嬢は一ヶ月間城で過ごすとのことですが……たった一ヶ月公城で過ごしただけで、大公妃を選ぶことができるものなのでしょうか？　大公様の妻となるのであれば、人柄や家柄などをじっくり確かめるべきなのでは？」

　テレーゼとしてはもっともなことを聞いたつもりだが、ジェイドは片眉《まゆ》を跳ね上げ、「おや？」という柔らかな声と共に首を傾《かし》げた。騎士らしい堂々たる体躯《たいく》を持っている彼だが、そんな仕草からはどことなくあどけなささえ感じられる。

「テレーゼ様は、大公家に伝わる指輪をご存じでないのでしょうか」

「指輪？」

「はい。……太古、この大陸に魔術が存在したことはご存じですよね」

　ジェイドに聞かれ、テレーゼはこっくり頷《うなず》いた。

（魔術のことなら、幼年学校の頃《ころ》に必修科目として習ったけれど……）

　――文献によると、アクラウド公国を始めとした諸国が興るよりも遥《はる》か昔、この大陸には魔術師が存在していたそうだ。

　彼らは生まれながらにして炎や風を起こし、枯れた大地にも花を咲かせ、荒れ狂う海原をも鎮める力を持っていたという。

　だが数百年ほど前から次第にその数を減らし、やがて魔術師は一切生まれなくなった。研究者の調査によると、その頃大陸のあちこちで天変地異が起きたらしく、それが原因で魔術師が生まれにくくなったのではないかと言われている。

（……そういえば、アクラウド大公家の始祖は、親しくしていた魔術師から指輪をもらったのだと言われているわね）

それを思い出したテレーゼは、ジェイドに尋ねた。

「……ひょっとして、ずっと昔に大公家の始祖が魔術師からもらったという指輪が、大公家の婚姻に関連しているのですか？」

「そういうことです。具体的にどういうことなのかは、実際に公城にいらしてでないとお話しできませんが……要するに一ヶ月で、指輪に大公妃を選んでもらうのです」

「……なるほど。無機物に選んでもらうなら、それくらいの期間で十分なのですね」

（そういえば、魔法はずっと昔に廃れたそうだけど、骨董品《こっとうひん》の中には魔法仕掛けのものが残っていることがあるとは言われているわね）

テレーゼはスカートの下でそわそわと足を動かした。

指輪と大公妃の関係、そして一ヶ月という短い時間を設定する理由は分かった。

（でも……たとえ妃を選ぶのが魔法仕掛けの指輪だとしても、私が行くのは場違いだわ）

行っても恥を掻《か》くだけであるのなら、何かしらの理由を付けてお断りした方が、テレーゼにとってもリトハルト家にとってもいいはずだ。

「……ちなみに、花嫁に選ばれなかった場合はどうなるのですか？」

アクラウド公国は完全一夫一妻制であり、大公といえども二人以上の妻を持つことはできない。三十人以上の候補を集めてその中から見事大公妃を選ぶことができたとしても、あとの者たちは無駄足になってしまうのではないか。

ジェイドは不安顔のテレーゼを見、テレーゼが手にしている手紙を示した。

「そちらの数枚目にも記載しておりますが、ほとんどの令嬢の場合はそのまま実家に帰されます。ただ、妃候補本人の希望があり、なおかつ人格や才能に適性があった場合は、女官や大公妃の侍女として引き抜かれる可能性があります」

「女官や侍女……！」

はっ、とテレーゼはすみれ色の目を見開く。

女官と侍女はいずれも、アクラウド公国の貴族女性が就ける数少ない職である。

両者とも女官長の管轄に入るが、女官は側近の女性バージョンといったところで、貴人の公務の補佐などを主に行う秘書的立ち位置である。それ対し、侍女はドレスの着付けやメイク、夜会への随行やお茶の仕度などを行う。

名誉を欲する貴族女性としては、これ以上ない職である。高貴な方に仕えて信用を得られれば、その後の結婚などにも使える有力な手札を手にできるのだ。

どちらも魅力的な職ではあるが、侍女は貴族女性が結婚するまでの行儀見習として人気の職である。となれば、テレーゼの適性と目標により近しいのは女官だ。

（つまり大公妃にならなくても、女官になれたらお給金をもらうことができる——！）

だんだんテレーゼの目に、闘志の炎が宿ってくる。それに気付いているのか気付いていないのか分からないが、次なるジェイドの言葉がテレーゼの背を押す追い風になった。

「はい。さらに、此度《こたび》の申し出を受けてくださり、候補として城にいらっしゃった令嬢にも礼金として資金を提供することになっております」

「な、なんですって……！」

ぐぐっ、とソファの肘掛《ひじか》けに置いていた手に力が籠《こ》もる。年代物のソファが悲鳴を上げる中、テレーゼの胸はばくばくと拍動しており、血が上っているため顔が熱い。

（いいえ、待ちなさい、テレーゼ！　金額にもよるし、後日返済、なんてオチがあるかもしれないわ！　それに、とんでもない利息が付いてくるかもしれない！）

貴族の令嬢らしくもない危惧《きぐ》を抱きつつも、テレーゼは淑《しと》やかな令嬢の仮面が剥《は》がれ落ちないよう、強《こわ》ばった笑みを浮かべておっとりと尋ねた。

「まあ……ちなみに、おいくらくらいですか？　あと、返済義務などは？」

「今ここではっきりとした金額をご提示することはできませんが、一人あたり十万ペイルは保証します。もちろん、返済義務などもございません。登城の際の支度金などに充ててくだされば」

「十万ペイルっ！」

パァン、と音を立てて、テレーゼが握りしめていた肘掛けの布が弾《はじ》けた。

柔らかなすみれ色の目がくわっと見開かれ、ジェイドも怖気《おじけ》づいたように唇の端を引きつらせたのが分かった。

だが分かっていても、胸の奥で爆発した感情を抑えることはできない。

（十万ペイル！　なんて素敵な響き！　それだけあれば……向こう一年間の生活費に、エリオスの進学費――それに、領地の整備だってできるわ！）

テレーゼの頭の中で、計算機器がちゃかちゃかと勘定をしていく。

千ペイルで市民階級の四人家族が一ヶ月間比較的裕福な生活を送れるこのご時世、十万ペイルなんてリトハルト家からすれば超大金、天の恵みだ。

感動でわなわなと震えるテレーゼを新種の動物でも見るかのような目で眺めた後、ふと思い出したようにジェイドがとどめの一撃を放った。

「ああ、ちなみにご希望される方には、城で過ごす期間中に必要な衣類や生活用品もお貸しします。さすがに豪奢《ごうしゃ》なものはご遠慮いただきますが、最低限の道具や生活費、食費はこちらで負担するとのことで――」

「乗ったァ！……じゃなかった。……お話、お受けいたします」

テレーゼは男らしく――そして我に返って淑女らしく、返事をした。

（そう、大公妃なんて恐れ多いし、私がなれるはずないわ。そんなのどうでもいいから、仕度金！　生活費！　女官として出仕！　お給金！　ああ、最高じゃないの！　やるっきゃないわよ、テレーゼ！）

テレーゼの返事に満足したジェイドがテレーゼの母を呼んで契約書などを書いている間、テレーゼの胸には確かな決意と使命感の炎が燃え上がっていた。

（リトハルト家のため、領民の、家族の、かわいい弟妹のため！　戦え、テレーゼ！）

＊＊＊

テレーゼが大公妃候補になることを承諾した十日後には、城の使者が小切手を持ってきた。生まれて初めて見る小切手にテレーゼは興奮し、さらにそこに記されていた金額——十二万ペイルを見ると、享年十八歳にて天に召されるかと思った。

テレーゼは十二万ペイルの使い道を母と相談し、父に手紙を送った。領地整備への投資と領民への分配を父に知らせるためだ。また、ここまでついてきてくれた使用人たちにも特別手当を与え、エリオスの進学費も抜いておく。

さらに生活費と屋敷の修繕費を割り振り、そしてずっとテレーゼのお下がりを着ていた妹たちの服も新調した。城に行くテレーゼの支度金も、そこから出すことになった。

そして、数日後。

登城準備をしたテレーゼは、住み慣れた実家を離れることになった。

「よろしいですか、テレーゼ」

出立直前、母はテレーゼの両肩に手を乗せ、くわっと目を見開いた。

「あなたがすべきこと、それは？」

「はい、『城で無事に過ごし、素敵な就職先をゲットする』です！」

「よろしい！　荷物の中にわたくし直筆の奥義の書を入れておきましたので、熟読すること」

「ありがとうございます、お母様！」

母とひしと抱き合い、弟妹たちにキスをしたテレーゼは意気揚々と門をくぐり、屋敷の前で待っていた馬車のもとに向かう。馬車の前にはジェイドが待っており、テレーゼの手を取ってエスコートしてくれた。

「僭越《せんえつ》ながら、これから私がテレーゼ様の担当騎士になります。御身をお守りするのはもちろん、テレーゼ様が不自由なく城で生活できますように全面的にサポートいたしますので、どうぞよろしくお願いします」

そう言って恭しく頭《こうべ》を垂れるジェイドに対して、テレーゼは母親にたたき込まれた淑女作法をフルに活用して広げた扇子で口元を慎《つつ》ましく隠し、にっこりと品よく微笑《ほほえ》んだ。

「こちらこそ。一ヶ月という短い間ですが、よろしくお願いします。……では、馬車に乗りましょうか」

「テレーゼ様、ご自分一人で乗ろうとしないでください。焦らずとも、御者がステップを出しますので」

「…………はい」

いつもの癖で馬車に飛び乗ろうとしたテレーゼの胸に、ジェイドの穏やかでありながら鋭い指摘がぶっすりと刺さる。胸の高さにある馬車の床板に両手を掛けただけなのに、この護衛騎士は相当鋭いようだ。

（う、うーん……これから先、大丈夫かなぁ……私）

万年金欠令嬢がちゃんとした令嬢らしく振る舞えるようになるまでの道は、険しそうだ。

リトハルト家にも箱形馬車はあるし、テレーゼも乗ったことがある。だが、壊れた時の修理費を考えると頭が痛くなってしまうためそれを使うのは専ら両親の移動時で、テレーゼたちが使用する機会は滅多になかった。テレーゼやエリオスが学校に通う時には小型の馬車を使い、領地の視察などについて行く際には幌馬車《ほろばしゃ》に乗せてもらった。

テレーゼとしては、ずっと背筋を伸ばしていないといけないし長時間座っているとお尻《しり》が痛くなる立派な箱形馬車より、床に毛布を敷いてごろごろできる幌馬車の方が居心地がいい。だが、まさか公城へ出向く際に幌馬車を使えるはずがない。

今回テレーゼが乗った馬車は、公城から迎えに来てくれたものであるため大公家の旗が掲げられており、内装も凝っていた。

この箱形馬車は座席はふかふか、床板もしっかりしているのでギシギシ軋《きし》まないし、天井からはかわいらしいランプさえぶら下がっている。座席の幅にもゆとりがあり、きょうだい四人がぎゅうぎゅうになって座っていた実家の馬車とは大違いである。

テレーゼが馬車の中を物珍しそうにきょろきょろ見回しているからか、向かいの席に座っていたジェイドが顔を上げ、男らしいきりりとした眉を垂らした。

「……もし、馬車の乗り心地が悪いようでしたら、お詫《わ》び申し上げます。緩衝用の毛布を積んでおりますので、お出ししましょうか？」

「まあ、何をおっしゃっているの。とってもおしゃれで素敵な馬車だわ！　文句なんてありません！」

とんでもない、とばかりに瞠目《どうもく》したテレーゼは、ぐっと拳《こぶし》を握った。

「我が家にはあまりお金がないので、一番立派な馬車でさえこんなにふかふかの椅子《いす》もかわいいランプも付いておりませんもの。……ねえ、足下のこれは、何ですか？　触った感じ、煉瓦《れんが》みたいですけれど」

「はい、煉瓦です。冬場は熱した煉瓦をこのように毛布でくるみ、足下に置いておくのです。特殊な製造方法で開発した煉瓦なので、一時間程度なら車内を暖められます」

「なんて素敵な工夫！」

特殊製法の煉瓦とは、何とも贅沢《ぜいたく》なことである。

（冬場の薪《まき》は高価なのよね……特製煉瓦は初期投資が高そうだけれど、何年も使っていれば薪を買うよりもお得に、体を温められるかもしれないわ）

そう思って嬉々《きき》としてジェイドに特製煉瓦の値段を聞いたテレーゼだが、返事を聞いた瞬間にその顔から笑顔は失われ、遠い眼差《まなざ》しになったのだった。

リトハルト家から公城まで、馬車で約半刻。

ずっと昔――十年近く前、父親に連れられて一度だけ公城に行ったことがある。先代大公の即位十ウン周年だとかで、リトハルト侯爵家にも招待状が届いたのだ。

だが残念ながらその時城に到着したのは夜だったので、城の外観を間近でじっくり見ることはできなかった。しかもテレーゼは騒がしい夜会会場にすぐ飽きて、さっさと会場を抜け出して庭園をぶらぶら歩いて時間を潰《つぶ》してしまったのだ。

そんな当時の記憶は既におぼろになっており、大人になって改めて見上げる白亜の公城は、歓喜のため息が漏れるほど見事である。

アクラウド公城はいくつもの尖塔《せんとう》が天に向かってそびえており、それぞれの棟を渡り廊下で繋《つな》いでいる。馬車から降りて城を見上げようとしても、てっぺんまで見ることはできない。首が痛くなるだけだ。

（ここが、大公様のお城！　マリーに、ルイーズに、帰ったら報告しないと！）

金より何より、「おしろ、いいな！」「おしろ、いきたい！」とはしゃいでいた妹たちへの土産話にしようと、テレーゼはだんだん近くなる優美な城を前に、ごくっと唾《つば》を飲み込んだ。

テレーゼたちの乗る馬車はいったん公城前を迂回《うかい》し、馬車止め広場に向かった。そこには既に十数台の馬車が停まっている。てっきりどれもテレーゼのものと同じ公城からの迎えの馬車かと思ったが、いくつかには明らかに別の家紋の旗が付いている。そして、そういった馬車はどれも例に漏れず豪華だ。

「……わあ、すごい。あの馬車、あんなに小さいのに馬が四頭もいるわ！」

（つまり、車両がかなり重いということ？　それじゃああの馬車には、とてもお太りになっていらっしゃる令嬢がお乗りになっていたのかしら……？）

そんなことを考えていると下車準備をしていた侍女にじろっと睨《にら》まれ、喉《のど》まで出かけた言葉を慌てて呑《の》み込んだ。

「……メイベル、そんなに見なくてもいいじゃない」

「失礼いたしました。このメイベルの直感で、テレーゼ様がとんでもない失言をなさるような気がしましたので」

これから一ヶ月間テレーゼの身の回りの世話をするべく抜擢《ばってき》された彼女の名は、メイベル。リトハルト家に古くから仕えている彼女は、テレーゼたちきょうだいがおしめをしていた頃《ころ》から世話になっているベテランだ。

そんなメイベルは十八年間お守りをしてくれているからか、テレーゼの性格も熟知している。テレーゼが何か失言をしそうになればさりげなく睨みを利かせてくれたりと、非常に頼りになる侍女だ。母がメイベルをテレーゼの世話係に命じた理由がよく分かる。

「失言って……私《わたし》はまだ、何も言っていないわ」

「では申し上げますが、あの豪奢《ごうしゃ》な馬車は公城からのお迎えではなく、潤沢な資金をお持ちのご令嬢が実家の馬車を飾り立てたのだと思われます。四頭立てなのは、決して、重いからではなく、そちらの方が威厳があるからです」

「すごいわ、メイベル！　私が聞きたかったことを全部教えてくれるなんて！」

（メイベルがいなかったら、私は初日にして公城から摘《つま》み出《だ》されてしまう自信があるわ！）

まったく、頼りになる侍女である。

「……テレーゼ様。何かあればこのメイベルがテレーゼ様をお止め申し上げますが、最低限のことはご自分で判断なさってくださいませ」

「わ、分かっているわよ！」

強気に返しながらも、ちゃんとできるかどうか不安になってきているテレーゼなのだった。


馬車から降りると、城仕えの騎士たちが整列してテレーゼたちを待っていた。ずらりと二列に並んだ騎士たちの間をジェイドに先導されて歩き、公城の正面口へと向かう。

（そういえば幼年学校を卒業する時、下級生たちがこうやって花道を作って送り出してくれたっけ……）

かわいらしい下級生たちは卒業生に贈るための花を抱えていたので、まさに「花道」だった。だとすれば、今のこの状況は何と呼べばいいのだろうか。左右見渡す限り鎧《よろい》なので、「鎧道」だろうか。響きだけで錆《さび》臭そうである。

公城は、正面口のドアまで立派だった。両開きの扉は、左右それぞれ騎士二人がかりで開かれた。その先はダンスパーティーでも開けそうなほど広々とした玄関ホールで、恭しく頭《こうべ》を垂れた城仕えの使用人たちが整列してテレーゼたちを待っていた。なんだか、一気に偉い人になった気分である。

「大公妃候補」なので、実質偉い人なのだろうが。

（まあ！　床までぴかぴかだわ！　私の顔が映っていて……これだけの広大な廊下を毎日掃除する

のに、いったいどれくらいの人手と洗剤と掃除道具が必要なのかしら……？）

城内の造りや調度品、展示物に注目しながらも、頭の片隅では俗なことを考えてしまうのがテレーゼである。一日に使用する洗剤の量とその経費を考えると思わずぶるっと身を震わせてしまい、前方を歩くジェイドに「大丈夫ですか？」と気遣われてしまった。

「他《ほか》の令嬢も集まっておりますので、妃《きさき》候補はこれから全員大広間に集まり、大公閣下のお言葉を拝聴します」

ジェイドに説明されたのでいったん足を止め、テレーゼは彼を見上げた。王城のてっぺんほどではないが、彼も背が高いので見上げるのにも一苦労だ。

「大公様が直々にお越しになるのですか」

「短い時間にはなりますが。その後、大臣から詳しい説明がある予定です」

「そうですか……分かりました」

相づちを打った後、テレーゼはまた調度品観察に戻った。

（大公様に興味はあるけれど、そこまで重要ではないわ）

なにせテレーゼの狙いは大公妃の座ではなく、令嬢たちによる壮絶な椅子《いす》取りゲームからあぶれた先でひっそりと、しかし威厳をもって待っている、上級城仕え職の椅子なのだから。

ジェイドに案内されて大広間に入ったテレーゼは――はっと息を呑んだ。

そこは春であり、冬だった。

まず視界に入ったのは、色とりどりの大輪の花――のようなドレスを纏《まと》う淑女たち。今の流行はクリノリンでスカートを膨らませたデザインなので、ふわりと広がったスカートをなびかせながら歩く様は、春の野に咲く花のようにあでやかだ。きっと上階から見れば、花畑のように感じられることだろう。

だが、大広間に漂うぴりりとした刺激にテレーゼも気付いた。令嬢たちは知り合いに話しかけたり談笑したりしているが、目元が笑っていない。

既にいくつかのグループができあがっているようで、ひときわ豪華なドレスの令嬢を囲むように、下っ端が円陣を組んでいる。取り巻きを連れたボス令嬢が凍えるような視線を敵に向けると、喧嘩《けんか》を売られた側は果敢に睨み返すか、素直に敗北を認めてさっと視線を逸《そ》らすかである。

精一杯着飾った令嬢たちの中で、型落ちドレスを着たテレーゼは目立つ。いろいろな意味で目立つ。のこのこ大広間に現れたテレーゼに、ザクザクと視線が突き刺さってくるのを感じた。

(……とりあえず、敵意はないですよー、っと)

若い頃は社交界の花と呼ばれていたという母直筆、『お城で生き抜くためのメソッド集』より、『一番目立った者が勝者というものではない。慎《つつ》ましく咲く一輪の花になろう。無理にグループ化しようとするな』を実践すべき時のようだ。ちなみにそんな誇り高い母がなぜ父のもとに嫁いだのかは、永遠の謎《なぞ》である。

ドレスの裾《すそ》をちょこんとつまんでお辞儀をし、ジェイドに案内されて空いた席におとなしく座った。目線は伏せ、まるでひとつの置物であるかのように存在感を消す。

母のアドバイスは的確だった。令嬢たちは地味で目立たないテレーゼにすぐに興味を失ったようで、再び無言でメンチを切り合った。面倒ごとを回避できたのはありがたいが、この冷戦はまだまだ続くようで、同じ部屋にいるだけで息苦しい。

最後の令嬢が到着すると、大広間のドアが閉まった。暇だったテレーゼが数えた結果、集められた令嬢は三十五人である。

そうして入り口とは反対側のドアが開き、まずはころっとした体格の中年男性が入室してきた。おそらく、大臣だろう。

「アクラウド公国に咲く大輪の花たちよ、ようこそお越しくださった。これよりレオン大公閣下からお言葉がある。心して聞くように」

しゃがれた声だったがとたんに、ビビッと令嬢たちの間に見えない緊張の糸が張り巡らされた。

テレーゼは周りの者たちに――隣に立つジェイドにも――バレないようにドレスのスカートに隠れてつま先でふくらはぎを掻《か》きつつ、大臣に続いて入室した人物を遠目に眺めた。

(あの方が、レオン様ね)

令嬢たちの前に立ったのは、年若い青年だった。

柔らかな癖を持つ金髪に、すらりとした体躯《たいく》。その体を包むのは白い軍服で、大公のみ着用が許されるという豪奢なマントを纏っていた。ブーツの踵《かかと》に鉄の鋲《びょう》でも付いているのか、歩くたびにカツンカツンと硬質な音がする。

彼が振り向くと、その容貌《ようぼう》が露《あら》わになった。

晴れ渡った夏の空のような青い目に、柔らかな金髪。テレーゼの髪も金色だが少し桃色がかっており、しかもかなりきつい癖がある。生まれつきなのでどうしようもないのだが、毎朝のセットがたいへんなのでもう少し癖は緩めでもいいかもしれない、とたまに思っている。大公くらいの髪質が羨《うらや》ましいものである。

レオン大公は広間に集まった令嬢たちを見渡し、胸元に拳を当てるお辞儀をした。大公としてではなく、以前ジェイドがしたのと同じ軍人としての礼だった。

「アクラウド公国大公、レオン・アクラウドだ。本城に足を運んでもらったこと、厚く礼を申し上げる」

レオン大公の声は硬質で、繊細そうな顔立ちのわりに低めの声色だった。色めき立つ令嬢たちを前にしてもあまり感情や温もりは感じられないところに、なんとなくテレーゼは興味を持った。

「皆も知ってのとおり、私はいずれ大公妃を迎える必要がある。その際、妃として優秀な娘を娶《めと》ろうと考えているのだが――皆は、大公家に伝わるこの指輪を知っているだろうか」

そう言ってレオン大公は、自分の左手を目の高さに持ち上げた。周りの令嬢たちがこぞって大公のもとに詰め寄る中、どうせこの距離では見えないだろうと、テレーゼはわずかに目を細めるだけにとどめておいた。

「この指輪には、太古に失われた魔力が込められている。私の妃にふさわしい者が見つかると、指輪が大輪の花を咲かせると伝えられている」

令嬢たちが、「なるほど」「そういうことでしたのね」と納得の声を上げている。

(ジェイド様も、そのようにおっしゃっていたわね)

魔法仕掛けということは聞いていたが、花を咲かせるとは、手品みたいだ。

（そういえば……アクラウド公国の紋章は薔薇《ばら》と指輪だったわ。ひょっとして、大公妃選定に使う指輪が花を咲かせることから、あの紋章になったのかもしれないわね）

レオン大公は令嬢たちを見渡した。

「指輪は、妃《きさき》にふさわしい者を見出《みいだ》すと自然と花を咲かせる。よってこれから一ヶ月間、令嬢たちには本城で過ごしながら自己研鑽《けんさん》に努めてもらい、指輪に選ばせようと思うのだ」

とたん、令嬢たちの闘志の炎が燃え上がったのが、彼女らの背中を見ていたテレーゼにも分かった。背中だけでこれなのだから、正面にいる大公や大臣はもっと強烈な熱意を真っ向から浴びているのではないか。彼らが淑女たちの発する熱気で蒸発しないか心配である。

（一ヶ月――つまり四十日あるのよね。その間に勉強できるし、「女官にしてくださいアピール」もできるなら、いいかも）

テレーゼが頭の中で今後の予定を組んでいると、大公は広間を見渡して言葉を続けた。

「一ヶ月間、そなたらの生活は保障する。そなたらは我が国民であり、大切な客人でもある。そして、この中に私の未来の花嫁がいる可能性が十分にある。皆、丁重にもてなそう。そして、候補同士の交流や自己研鑽、勉学や趣味に興じてゆるりと過ごすとよい」

おおざっぱな説明を終えると、大公はさっと候補たちに背を向けて部屋を出て行った。彼の態度は終始落ち着いており、その眼差《まなざ》しが柔らかくなることはなかった。

大公が去った後は、最初に挨拶《あいさつ》した大臣の方から諸説明があった。といっても大まかなことは既

に大公本人から説明済みなので、あとは令嬢それぞれに与えられた部屋と、行き来していいエリアについて、そして使用人や侍女、付添人制度などについて説明した後、大臣も退室した。

周りで令嬢たちがおしゃべりを始めたり専属騎士にあれこれ指示を飛ばしたりする中、テレーゼは傍らに立っていたジェイドの袖《そで》を引っ張った。

「ジェイド様」

「私《わたし》のことはどうかジェイド、と呼び捨てにしてください」

用件を言う前に訂正された。今後の立場を考えるとそれもそうだろうと、テレーゼは素直に言い直す。

「それでは、ジェイド。わたくしはもう疲れましたので、部屋まで案内してくださいな」

これ以上この広間にいても得るものは何もない。それどころか、令嬢たちの殺伐とした空気にやられて干からび、名物・テレーゼの干物になってしまいそうだ。

（それに……ジェイドにも、ちゃんと話をしておかないとね）

ジェイドはあっさりと部屋に行こうとするテレーゼに最初戸惑ったようだが、それもほんの数秒のこと。すぐに彼は頷《うなず》いた。

「かしこまりました。では、テレーゼ様のお部屋に案内します」

＊　＊　＊

テレーゼに与えられたのは、廊下の角にある西向きの部屋だった。窓からの眺めはそれほどよくないが、別にこだわりはない。広さも十分すぎるくらいで、これならリトハルト家六人全員が暮らすこともできそうだ。

「あ、ちょっと話をしておきたいことがあるの」

部屋の案内だけして去ろうとしたジェイドを、テレーゼは呼び止めた。

「先に断りを入れておくわ」

「断り……ですか」

「ええ。……わたくしの専属になってくれたあなたには申し訳ないのだけれど、わたくしは大公妃になる——というか、選ばれるつもりは微塵《みじん》もありません」

告白するのは緊張するが、後になってもめたり疑われたりするよりずっといい。

真顔のジェイドが何か言う前に、テレーゼは続ける。

「ジェイドもご存じでしょう？　わたくしの実家は万年金欠で、頭金の十二万ペイルを家計に充てないといけないくらいでした。それにわたくしは、妃に選ばれるよりも城仕えの女官になりたいのです。そういう制度もあるのでしょう？」

「……確かに、私がそのようにテレーゼ様にお話ししましたね」

「そう、それです。……わたくしは大公妃にはなれないでしょうし、そもそもなるつもりもありません。ですから、他《ほか》の令嬢たちと張り合うことも親しくなることもないでしょう。大公様がおっしゃったように、本当にゆるりと一ヶ月間過ごすつもりなのです」

大公の言う「ゆるりと」がどの程度なのかは分からないが、端切れでパッチワークを作ったり図書館で本を読んだりするくらいなら咎《とが》められることはないだろう。

（となると、ジェイドには無駄な仕事をさせてしまうわ……）

それが、テレーゼにとっては後ろめたい。面倒を見てくれるのはありがたいのだが、彼の努力が実を結ぶことはないのだから。

ジェイドはテレーゼが話している間は黙っていたが、彼女が口を閉ざすと「ふむ」と唸《うな》って腕を組んだ。

「……つまり、テレーゼ様はご実家のために城仕えの職に就くべく、こちらにいらっしゃったのですね」

「はい……すみません」

「なぜ謝られるのですか？　そのようないわれはございません」

はっきり言い切るジェイドに驚き、テレーゼは目を瞠《みは》った。

ジェイドはテレーゼを真《ま》っ直《す》ぐ見てくれていた。専属騎士としてはがっかりするようなことを言われたはずなのに、揺るがぬ静かな眼差しで。

「我々が大公閣下から仰せつかった任務は、『担当となった令嬢が不自由なく城で過ごせるよう配慮すること』です。決して、『令嬢が妃に選ばれるよう工面すること』ではないのです。どのお方が妃に選ばれようと、我々城仕えの騎士団や侍女、使用人に咎はありません。担当する令嬢が心地よく過ごされればそれでよいのです」

「……じゃあ、わたくしは本当に『ゆるりと』過ごしていいの？」

「それが大公閣下のご命令でしょう？　テレーゼ様が大公妃の座を望まず、女官を目指したいのでしたら、私はそのようにテレーゼ様をお助けします。ご要望のものや閲覧したい書物、行きたい場所などがあれば、なんなりとお申し付けください。進んでお手伝いします」

テレーゼはゆっくり瞬《まばた》きした。じわじわとジェイドの言葉が体に染みこんでくる。

（ジェイドは、私を肯定してくれた）

職務だからと言われればそれまでだが、テレーゼの貴族の令嬢らしくない意見を受け入れ、目標を理解してくれる。

それの、どれだけ嬉《うれ》しく、どれだけ心強いことか。

テレーゼは言葉もなく、ジェイドを見上げた。彼は長くしゃべったことを恥ずかしがるように唇を引き結び、ぽりぽりと眉間《みけん》を掻《か》く。

「……そういうことですので、テレーゼ様のお心のままにお過ごしください。それでは私はそろそろ失礼します」

「ええ。……これからよろしくね、ジェイド」

ジェイドが振り返る。

少し困ったような顔をしていた彼は、やがてふっと破顔して頷いた。

「……こちらこそ、テレーゼ様」

2章　令嬢、我が道を往く

城での生活は、思ったよりも快適だった。

与えられた客間には生活に必要なものがそろっていたし、日用品は侍従に頼めば購入してきてくれるのだ。

そして、提供される豪勢な食事。

領民からの税収前の時期になると、リトハルト家の食卓にはもやし料理が多く並んだ。もやしは栄養があり、安値で仕入れることができる。もやしのスープに、もやしのソテー。もやしを細かく刻んだものを入れたパンなど、もやしで様々な料理を作ってくれた料理人には感謝の言葉しかない。

そんなもやしパーティーがしょっちゅうなテレーゼの前に、値段を考えると真っ青になりそうなフルコースが運ばれてきた。初日はどうしようもないのでびくびくしつつ食べたのだが、こんな豪華なものを毎日食べていればテレーゼは家族や領民への罪悪感で倒れてしまうかもしれない。そういうことで翌日以降は、「わたくし、とても食が細いので」と言い訳し、品数をぐっと減らしてもらった。

「野菜のへたでも全然構わないのに」

品数を減らしてもなお立派な料理を前にテレーゼが呟《つぶや》くと、ジェイドがやんわりと窘《たしな》めてくれた。

「テレーゼ様はそうかもしれませんが、大公閣下の客人であるテレーゼ様に野菜のへたや皮で作った炒《いた》め物を出せば、罰せられるのは料理人の方です」

「だよねー」

とろっとろになるまで煮込まれた子羊肉のかけらをじっと見つめ、テレーゼはため息をついた。この肉ひとかけらで、どれほどの領民の食事代をまかなえるのだろうか。本当にテレーゼには野菜の皮だけで十分なので、柔らかくておいしい子羊肉のソテーを皆にも食べてもらいたいところだ。

(……でも私が頑張れば、みんなに柔らかいお肉を食べさせてあげられるものね)

意を決したテレーゼは、肉汁滴る肉をぱくっと頬《ほお》ばった。

肉は、幸せと決意の味がした。


身の回りの世話にメイベル、護衛にジェイドを据えたテレーゼは、他の令嬢たちが園遊会やお茶会、詩の朗読会などを開いている傍ら、就職に向けた勉強を始めることにした。

「テレーゼ様、お茶会への招待状が届いております」

「『お茶会に出席したら足の裏が痒《かゆ》くなる病』になったから、と断っておいて」

「さすがに無茶があるので、わたくしの方でお断りの文面を考えます」

「頼んだわ。……それにしても、飽きもせずに毎日毎日お茶会なんてして、お腹《なか》が紅茶で膨れないのかしら」

図書館から借りてきた歴史書の文面を書き写しながら、テレーゼはぼやく。それに答えてくれたのは、テレーゼの勉強用の本を整理してくれていたジェイドだった。

「茶会で皆と交流することによって自身の魅力を高めることができ、妃《きさき》候補としてふさわしくなるからでしょう」

「でも、大公妃を選ぶのは指輪でしょう？　無機物でしょう？　いくらおしゃれに気を遣って大公様に見せびらかそうと、指輪のお気に召さなかったらだめなんでしょう？」

数日過ごすうちに、テレーゼの言葉遣いもだいぶ砕けたものになってきた。というのも、テレーゼが登城した翌日、神妙な顔のジェイドに「気を張らなくて大丈夫ですよ。ここには私《わたし》とメイベル殿しかおりませんので」と、気遣うように言われてしまったのだ。

（ジェイドは、私が無理にお嬢様のフリをしていることに気付いてしまったのね）

そういうことでテレーゼは彼の厚意に甘え、第三者がいない時は素の自分にかなり近い態度を取るようにしたのだった。

テレーゼのずけずけとした物言いにも慣れたのか、ジェイドは苦笑して肩をすくめた。

「おっしゃるとおりではございますが、さすがに大公閣下にも女性に対する好き嫌いはおありのはずですからね。指輪も、閣下の好みをよく把握した上で花嫁を選ぶそうですよ」

「……無機物のわりに人間みたいな指輪ね」

魔法仕掛けだからと言われればそれまでだが、指輪が大公の好みを把握した上で花嫁を選ぶなんて、なかなか不気味な逸品である。

（でも、花嫁に選ばれるためにお茶会や園遊会って……なんてもったいない！　そのお金を、他《ほか》のことに回せばいいのに！）

テレーゼの部屋にも紅茶缶が常備されているが、自分が普段から飲めるようなランクのものではなかった。最初メイベルが何気なく茶を淹《い》れようとしたのだが、ジェイドに一缶の値段を聞いて跳び上がっていた。テレーゼも同じ気持ちであるため誰《だれ》の手も付けられることなく、缶は戸棚でぽつんと出番を待っていた。

「紅茶缶ひとつで四十五ペイルなんて！　四十五ペイルあれば何が買えると思っているの⁉　エリオスたちの肌着や、新しい調理器具が十分購入できるというのに！」

「その四十五ペイルを紅茶缶に使うのが大半の貴族です。というより、紅茶缶ひとつの値段なんて誰も気に留めていないと思います」

「分かっているわ。悔しいけれど、うちには四十五ペイルをあんな小さな缶ひとつに払う余裕はないのよ……」

テレーゼは唇を尖《とが》らせ、文章の模写を続ける。

（私と他の令嬢では、境遇も環境も違うのよ。私はそれに不満を抱いたことはないし、できることを精一杯やるのみよ）

テレーゼに必要なのは、女官に選ばれるだけの「力」。

読み書き計算は母からたたき込まれた。今頃《いまごろ》中庭でキャッキャウフフとお花観賞しているだろう令嬢たちは、読み書き簡単な計算はできても高度な学術知識は持っていない。女官になるわけでもないのなら、持っていなくても特に困ったことにならないのが現実だからだ。

（でも女官になるには、最低限の計算能力と学問、知識が必要だわ）

だからテレーゼは、今公城で暮らしている間にできることを精一杯やるつもりだ。

勉強はもちろん、今でないとできない体験を求め、公城を練り歩く。


「さあ、ジェイド、今日も張り切って散策に行くわよ」

テレーゼはきりっと表情を引き締めて護衛騎士に言った。

護衛騎士もまた、きりっとした表情で頷《うなず》く。

「本日はどちらへ？」

「まずは厨房《ちゅうぼう》で調理風景の見学、次に食料搬入業者の様子を見て、練兵場にお邪魔するわ。それから……今日こそ行くわよ！」

「どちらへ？」

「馬小屋！」

「かしこまりました。お供します」

護衛対象がどれほどぶっ飛んだ提案をしても、この護衛は慇懃《いんぎん》に対応してくれた。

テレーゼはお花観賞やお茶会に行く代わりに、城内のあちこちに足を運んでいた。

廊下の隅っこに腰を下ろして使用人たちの掃除風景を観察し、汗と泥の臭《にお》い立ち込める練兵場で騎士たちの訓練の見学をする。厨房に行った際には新作焼き菓子の味見をさせてもらい、書庫では本を探すついでに、老年の司書の手伝いで本棚の掃除をした。

これまで実家と城下町が主な行動範囲だったテレーゼにとって、公城では全《すべ》てが目新しく、斬新で、輝いて見えた。もともと好奇心旺盛《おうせい》なテレーゼはジェイドをお供に、あちこち歩いては興味のあるものについて使用人に尋ねたり仕事を手伝ったりしているのだ。

「……いい汗掻《か》いたわ！」

本日の予定通りに散策を終えたテレーゼは、片手を腰に当てて拳《こぶし》でぐいっと額の汗を拭《ぬぐ》う。

馬小屋に行った際、ちょうど母馬が子馬を産むところだったらしく、以前領地で牛の出産を手伝ったことのあるテレーゼは真っ先に手伝いに志願した。無事に子馬が生まれ、厩舎《きゅうしゃ》担当からお礼を言われたテレーゼは大喜びである。少々体が馬臭いが。

夕方前ではあるがジェイドの勧めを受けて風呂《ふろ》に入り、着替えもした。風呂から上がると、部屋ではメイベルが手紙の選別をしてくれていた。

「今日もたくさん届いたのね」

「はい。……そういえばテレーゼ様、馬の出産の際に着られていた作業服、洗濯担当に渡したらその場で膝《ひざ》から崩れ落ちていましたよ」

「まあ……それは申し訳ないことをしたわ。穴を空けてしまったかしら？」

「穴よりも独特の臭いがきつく……まあ、いいでしょう。本日もたくさん手紙が届きましたが――こちらを」

そう言ってメイベルは、銀のトレイに山と積まれた手紙の中からひときわおしゃれな意匠の封筒を抜き取って差し出してきた。

「これは？」

「太后様からのお手紙です」

何気なく受け取ったテレーゼは、メイベルの言葉にはたと動きを止めた。

（太后様？　えーっと、それはつまり――）

「……大公様の、母君？」

「はい。ソフィア・アクラウド太后殿下。大公様の実母ですね」

「……えっと、確か先代大公様と太后様は、離宮で過ごされているのよね？」

振り返り、部屋の隅で待機していたジェイドに聞くと彼は頷いた。

「先代大公閣下は出不精なのかあまり離宮から出てこられませんが、太后殿下はレオン大公閣下の御代《みよ》になってもしばしば公城にお越しになり、お茶会や夜会を主催されています」

ジェイド曰《いわ》く、ソフィア太后は今年で四十一歳とのことだがとても四十代には見えない若々しい美貌《びぼう》の持ち主で、息子であるレオン大公との仲も良好。彼女とのお茶会を楽しみにしている貴婦人たちも多いという。

封筒を開けると、リトハルト家で使用する紙の何倍も分厚いカードが出てきた。ポップな色合いで愛らしいデザインは、ソフィア太后の好みなのだろうか。

「……まあ。太后様が、音楽会を主催なさるそうよ」

テレーゼが読み上げると、ジェイドとメイベルも反応して顔を上げた。

「笛部門、弦楽器部門、鍵盤《けんばん》部門、声楽部門で分けて、参加者の腕前を競うそうなの。王城関係者なら、身分や職業は問わないそうよ。しかも、優秀者には褒美を与える、だって！」

それまでは落ち着いた口調で読み上げていたテレーゼだが、とたんに声の調子が上がった。

（優秀者に褒美！　なんて甘美な響き！　それじゃあ、エリオス用の上着やマリーとルイーズのサマードレスをお願いできたりするかも⁉）

ほしいものは、まだまだいくらでもある。母からの手紙によると、十二万ペイルの大半は既に予定通り配分したそうだ。領内の農村地区の掘っ立て小屋がいくつも新築できそうだと、父も上機嫌だという。

そうしていると、優先順位が低いものはどうしても後回しになってしまう。エリオスも妹たちも贅沢《ぜいたく》を言わない子なので、なかなか彼らの新品衣服を買ってやれない。特にエリオスは自分の進学費がかかるので萎縮《いしゅく》しっぱなしだった。

（エリオスは進学するのだから、きれいな服を買ってあげないと。お金は、いくらあっても余ることはないわ）

「メイベル！　実家からフルートを持ってくるよう手配して！」

「そうおっしゃると思って、もう既に手紙を準備しております」

「さすがだわメイベル！」

「ほう、テレーゼ様は横笛を嗜《たしな》まれるのですね」

ジェイドが感心したように言うので、テレーゼは苦笑いして頭を掻いた。

「……ええ、まあ。フルートは母のお下がりで、母から手ほどきを受けたから講師を付けてもらったわけじゃないの。でも、歌よりはずっと得意だと思うわ」

きっと、ジェイドが期待するほどの腕前ではないだろう。だが、褒美があるとなると俄然《がぜん》やる気が湧《わ》く。

それに、フルートは肺活量が必要で吹く際に口元が引きつるため、貴族の令嬢にはあまり好かれていない楽器だ。

(きっと太后様は、お妃選びの手がかりになるように音楽会を主催なさったのよ。だとしたら、他の令嬢たちもこぞって参加するはずだわ)

彼女らがこの音楽会に参加するならば、美声が発揮できる声楽部門か、腕力を必要としない弦楽器部門に出るはずだ。最近では弦の柔らかい楽器も開発されたので、貴族令嬢の嗜みにもされているという。

(となれば、私が皆のライバルになる可能性は低い。それぞれの部門で優秀者を出すのなら、私が勝ったとしてもそれほどやっかまれることもない……はずね)

うんうんと頷きながら勝算の有無を測るテレーゼ。

(それに、太后様の目に留まれば女官への足がかりになるかもしれないわ。……芸は身を助ける、とはこのことね!)

「そう、やってやるわ……エリオス、マリー、ルイーズ！　あなたたちのお姉様の勇姿を、皆の網膜に焼き付けてやるわ！」

固めた拳を天に突きつけ、雄々しく宣言するテレーゼ。

そんな侯爵令嬢を、ジェイドは目を細めて見守っていた。

＊　＊　＊

音楽会は、テレーゼたちが最初に集められた大広間で行われた。

壇上の貴賓席に座るのは、落ち着いたダークレッドのドレスを纏《まと》った女性――ソフィア太后。ジェイドも言っていたが、遠目から見ても四十一歳には見えないみずみずしい彼女は孔雀の羽をふんだんにあしらった大きな扇子を手に、悠然と会場を見下ろしてきていた。

以前と違うのは、広間の中央に円形のステージが設けられていること。参加者はここに上がって、太后に向けて音楽の腕前を披露するのだ。

今日のテレーゼは、ジェイドとメイベルが選んでくれたドレスを纏い、ジェイドが実家から連れてきてくれた侍女にメイクとヘアセットを頼んでいた。フルートを手にわくわくと目を輝かせるテレーゼの髪は緩く捻《ねじ》りながら巻き上げ、夜会風にまとめている。

（ジェイドの侍女さんも言っていたけれど、やっぱり見た目も大事なのね。おしゃれをしたら、なんだか頑張れそうな気がしてきたわ！）

普段は下ろしているか雑にまとめるかの髪をきれいに結ってもらい、テレーゼも大満足だ。ちなみに侍女に礼を言う時、「土木工事をするおじさんのハチマキみたいに素敵だわ」と言おうとしたが、思い直してやめておいた。後にメイベルに話したところ、「やめて正解でした」と真顔で言われた。

部門が四つに分かれているといっても、参加者数はなかなかのものだ。ジェイドによると、老若男女様々な身分の者が百名近くエントリーしているのだという。テレーゼはエントリーがやや遅めだったようで、手元の番号札は八十三番を示している。

ジェイドは今日も、騎士団の制服姿だ。切れ長の目はいつもながら涼しげで、ソファに座って順番を待つテレーゼの隣に立って絶えず周囲に注意を払っている。ぼーっとしがちなテレーゼとは大違いの、非常に頼もしい護衛だ。

テレーゼは自分の番になるまで、心を躍らせて他の参加者の演奏に聴き入っていた。

(ああ、なんてつやつやの楽器！　いったいいくらするのかしら？……ああ、やっぱり澄んだ音色！　お金が余ったら、新しい手入れセットを買ったり修理に出したりしたいわ……ああっ、何この曲素敵！　楽譜をもらえないかしら⁉)

官僚や騎士、女官や側近の奏でるヴァイオリン、ハープシコード、フルート、竪琴《たてごと》。中にはテレーゼが見たこともない縦笛や奇怪な形の弦楽器も登場し、耳だけでなく目も楽しめる。

参加者の中には、妃候補《きさき》たちの姿もあった。だが――残念ながら、その中には会の趣旨を取り違えている者もいるようだ。

最初からたどたどしい手つきで竪琴を弾いていたが、弾《はじ》く弦を何度も間違える。恥じらいながら歌うのでまったく声が響かない。中には、ステージに上がる際によろめいている者さえいた。

(うーん……これってお母様の本にもあった、「可憐《かれん》さアピール」とかいうやつなのかしら？)

本当なのかわざとなのかテレーゼには判断しようがないが、そういった令嬢たちを見る太后の眼《まな》差《ざ》しは冷え切っていた。佳人の冷めた眼差しというのも、なかなかぞくっとする。変な性癖に目覚めてしまいそうだ。

「――六十五番。弦楽器部門リィナ・ベルチェ」

司会が落ち着いた声で次の参加者を呼ぶ。六十四番だったどこぞの伯爵令嬢が顔を真っ赤に染めながらステージから降りると、入れ替わりに若い女性が台に上がった。

（……ん？　手ぶらってことは、楽器が大きい――）

女性は濃紺の制服姿で、軽く編み込んだアッシュグレーの髪がふわりと揺れていた。服装から、彼女が王城仕えの官僚であることが分かった。

テレーゼたちが見ている間に、ステージ脇《わき》に固めて置かれていた大型楽器の中から、ハープが運び込まれた。ハープは弦が太く、指の皮と爪《つめ》が犠牲になるので令嬢たちが選ぶことはない。

椅子《いす》に座った女性が、弦に手を滑らせた。とたん、甘く切ないメロディーが、テレーゼの鼓膜を、胸を、震わせる。

（す、素敵！　なんて甘くて深いメロディーなの！）

奏でるのは、音楽会では珍しい短調の曲だった。悲恋や別れを彷彿《ほうふつ》させるような哀愁に満ちたメロディーを聞いていると、思わず涙腺《るいせん》が緩んでしまいそうになる。

「……です。きっと、クラリス様を――」

ふいに近くから女性の声がしたため、テレーゼは振り返った。そこには妃候補の令嬢が五人ほど集まっており、扇子の先で官僚の女性を指してなにやらひそひそ話をしていた。

（……何かしら？）

なんとなく嫌な雰囲気しか感じられず、テレーゼは黙って前に向き直り、ハープを奏でる女性官僚をじっと見つめることにした。


結論から言うと、テレーゼは見事笛部門の優良賞に輝いた。

優良賞はつまるところ、二位である。褒美として見事な絹織物を贈られ、テレーゼはほくほくだ。渡してきたのは司会役の官僚だったが、壇上の太后も心なしか、嬉《うれ》しそうな微笑《ほほえ》みをテレーゼに向けてくれたような気がした。

（なんて素敵な手触り！　これって本当に布？　つるつるでひんやりで、水みたい！）

テレーゼは感嘆のため息をつき、すりすりと絹の布に頬《ほお》をすり寄せていた。

場所は、会場脇の中庭。受賞できて気分が高揚したテレーゼはメイベルと一緒に、中庭で涼むことにしたのだ。優良賞をかっさらったテレーゼに声を掛けようとした者も少なくなかったので、今はジェイドがそういった連中を撒《ま》いてくれていた。ほとぼりが冷めたら部屋に戻る予定だ。

「テレーゼ様の演奏はそれはそれは見事なものだったと、ジェイド様から伺いましたよ」

メイベルはそう言って、皺《しわ》の寄った顔を緩めて笑った。使用人でしかないメイベルは、会場に入ることができず控え室で待っていたのだ。

テレーゼはあふれ出る想い――※「褒美がほしい！」――を込めて最後まで吹ききった。一位は無理だと分かっていたが、優良賞を授かっただけで万々歳だ。家族にもいい話ができるだろう。

テレーゼは上機嫌で、絹織物をメイベルに差し出した。

「ありがとう！　ほら、メイベルもこれ、すりすりやってみてよ。ほっぺが幸せになれるわ！」

「い、いえ。私《わたし》のような者が頬ずりするなんて、とんでもない……」

「そんなこと言わないの。周りには誰《だれ》もいないし――」

「――って言ってるのよ、分かってる!?」

テレーゼが言ったそばから、女性の声が風に乗って届いてきた。絹織物をメイベルと押しつけあっていたテレーゼは、動きを止める。

（今のは……？）

声がした方を振り返る。そちらにはぽつぽつとランタンの灯《とも》る、薄暗い裏道が延びていた。

「……今、声がしたわね？」

「左様ですね」

「……嫌な雰囲気だわ。ちょっと、見てくるわ」

「まあ！　テレーゼ様、危険なことはどうか――」

「私は大丈夫。かくれんぼと鬼ごっこは得意だもの。バレる前にさっさと逃げるから、メイベルは布をお願い」

そう言って極上の布をメイベルに押しつける。褒美を託されたメイベルは、ぎくっと身を震わせた。布はかなり大きいので、取り落とさないように必死になって抱えている。

（……これでメイベルはここから動けないわ）

「テレーゼ様！」と小さく悲鳴を上げるメイベルを制し、テレーゼはドレスの裾《すそ》を持ち上げてそっと、声のする方へ足を向けた。

（今こそお母様直筆、『お城で生き抜くためのメソッド集』より、『足音を忍ばせてゆっくり、体重を掛けながら移動！　ドレスの時とそれ以外ではコツが違う』を発揮する時！）

子どもの頃《ころ》から城下町の子どもに交じってかくれんぼ、鬼ごっこ、追いかけっこをしてきたテレーゼに死角はない。十一歳の頃、町の子ども約三十人で開催した大かくれんぼ大会で、テレーゼは最後まで鬼に見つかることはなかったという伝説を打ち立てたのである。ちなみにその時鬼だった子は、テレーゼが酒場裏の樽《たる》の中に隠れていたことを知って悔し泣きしていたのだが、それも今ではいい思い出である。

今日の靴は、ややヒールの高いパンプスだ。いっそ脱ぎ捨てて素足で歩きたいが、そんなことをすればメイベルが目を剥《む》いて倒れてしまう。

テレーゼとしても貴重なソックスを泥で汚すのはやはり忍びないので、やや歩きにくいが靴を履いたまま裏道に入った。

「……普通、こちらに一歩譲るでしょう？　それなのに、何？　ソフィア太后様に媚《こび》を売るつもり？」

「身の程を知りなさい！　おまえのような貴族でもない女がソフィア様の目に留まるなんて、恥ずかしいと思わないの⁉」

「今からでも遅くないわ。入賞を辞退し、クラリス様のためにお譲りしなさい」

どうやら複数の女性がよってたかって、一人の女性を取り囲んでいるようだ。

煉瓦《れんが》塀に張り付くようにして、テレーゼは様子を窺《うかが》う。少しばかり開けた裏庭に、色とりどりのドレスの布地が見えていた。顔までは分からないが、妃候補の令嬢の誰かだろう。

（複数人で一人を責めるなんて……情けないわ！）

胸がむかむかするのを抑えられない。集団いじめや弱い者いじめをする者は大嫌いだ。やるなら堂々と河原に出て、「先に鼻血を出した方が負け」のようなルールのもとで一対一の決闘をすればいいのだ。

彼女らの言い分から、誰を取り囲んでいるかのだいたいの予想が付いたテレーゼは決心し、すうっと大きく息を吸い――

「……そうなの、こちらにさっきの受賞者がいるって聞いて……ほら、ジョージ様、こっちですわ！」

普段ならあり得ない、頭のてっぺんから抜けるような高く甘ったるい声を出した。まるで、男性同伴の女性がこちらに向かっているかのように。

うまくいくかどうかはある意味賭《か》けだったが、幸運の女神はテレーゼに微笑んでくれたようだ。テレーゼの裏声を聞いた令嬢たちはぎょっと辺りを見回した後、我先にと逃げ出した。相手が女性だけならまだしも、男性にこのような場面を見られるわけにはいかないのだ。

（もし会場にジョージさんという方がいらっしゃったのなら、巻き込んでしまってごめんなさい。

でも、おかげでいい感じになったので、ありがとうございます）

足音も荒く令嬢たちが立ち去った後、テレーゼは辺りを確認してからひょっこり物陰から身を乗り出した。そこには予想通り、地べたに座り込んだ若い女性の姿があった。

テレーゼに気付いたらしく、彼女が顔を上げる。

先ほどまではきっちりと結わえていたさらりとしたアッシュグレーの髪は乱れ、まぶたに掛かっていた。辺りが暗いので目の色までは分からないが、目尻《めじり》がほんの少しつり上がった顔立ちは理知的だ。髪だけでなく、濃紺の制服も泥にまみれていた。

顔や服は泥に汚れているが、その眼差しは鋭い。あまりに強いので、テレーゼも威圧されそうになってしまう。

だが彼女はテレーゼが敵ではないと判断してくれたようで、眼差しを緩めてゆっくりと立ち上がった。

「……助けてくださったのですね。ありがとうございます」

少しだけかすれた声だ。テレーゼは頷《うなず》いて女性に歩み寄ったが、彼女は逆にテレーゼから距離を取るように数歩後退し、まぶたを伏せた。

「……すみません。きれいな格好ではないので、お召し物を汚してしまいます」

（……ああ、なんだ。そういうことね）

てっきり拒絶されたのだと思って内心ショックを受けていたのだが、そういうわけではないと知って安心した。テレーゼはほっと安堵《あんど》の息をつくと女性に近づき、制服に付いていた泥をポンポンと叩《たた》いて落とした。

「お嬢様!?」

「いいのいいの。それより、たいへんな目に遭ったわね。大きな怪我はない?」

「怪我は……大丈夫です。お手数をおかけして、申し訳ありません」

そう言う女性の頬は、羞恥《しゅうち》のためかほんのり赤く染まっていた。

「お気遣いありがとうございます、お嬢様」

「わたくしはテレーゼ・リトハルトよ。あなたは確か、リィナさんね」

「……私の名をご存じなのですか?」

驚いたようにリィナは目を瞠《みは》る。

テレーゼは微笑み、懐から出したハンカチでリィナの頬の泥も拭《ぬぐ》ってやった。

「もちろん。あんなにすばらしい演奏をした方の名前を、そうそう忘れたりはしません。……わたくし、あなたの奏でるハープに感動しました。それはきっと、ソフィア太后様も同じです。誰が何と言おうと、気にしなくていいですからね」

リィナは先ほど、弦楽器部門で見事優秀賞に輝いたのだ。妃候補でも貴族でもない女性が賞をかっさらい、太后の目に留まったことが令嬢たちには許せなかったのだろう。

(だったら辞退を迫ったりするんじゃなくて、真っ当な方法で勝負すればいいのに!)

負けたなら負けたで潔く退《ひ》けばいいのに、見苦しく足掻《あが》いた末にリィナを取り囲むなんて、信じられない。

（大公様もきっと、そういうほの暗い本性を見抜かれるはずだわ）

リィナは目を瞬かせてテレーゼを見つめていたが、やがてその場で深く頭を下げた。

「テレーゼ・リトハルト様ですね。今日は本当にありがとうございました。助けていただいただけでなく、御手まで汚させてしまい――申し訳ありません」

「ええっ、何言ってるの。手の泥なんて石けんで洗えば落ちるじゃない？　服の泥の方が落としにくいのよ」

「いいえ、それはそうですが……とにかく、お助けいただいたことにお詫《わ》びをしなければなりません」

「え、いいのよ、お詫びなんて」

テレーゼは慌てて目の前で手を振る。

「褒美」とか「謝礼」とかいう言葉に目がないテレーゼだが、リィナから金品をむしり取るつもりは毛頭ない。褒美も賞金も真っ当な勝負や商売によって勝ち取るのがテレーゼの主義だし、そもそも謝礼をもらうためにリィナを助けたわけではないのだから。

「わたくしが勝手にやったことなのだから、あなたが無事ならそれでいいのです。今晩はゆっくり寝て、明日になったらすっきり忘れてくれた方がいいのですよ」

「しかし、それでは私《わたし》が納得できません」

リィナはすんなりと引き下がってはくれなかった。

「後日、必ずお礼に参ります。今日はあいにく手持ちがなく、このようなみすぼらしい姿でお部屋に押しかけることもできませんゆえ」

「いえ、本当にいいのに……」

「どうか、このしがない女に礼を尽くさせてください。……本日は、ありがとうございました。ここで、失礼します」

言うだけ言い、リィナはくるりと背を向けた。追いかけようとしたテレーゼだが、彼女の動き方を見て足を止める。

（足を引きずっている……？）

おそらく、足首を捻《ひね》ったのだ。これ以上テレーゼに迷惑を掛けまいと、足早に去ることにしたのだと分かった。

テレーゼは何も言えず、リィナの後ろ姿を見送ったのだった。

3章　令嬢、お茶会に嫌々参加する

「後日、必ずお礼に参ります」と言ったリィナはなんと、翌日の昼にテレーゼの部屋にやってきた。

「改めまして。アクラウド公国官僚補佐官、リィナ・ベルチェと申します」

ジェイドに連れられて入室したリィナは、きっちりと礼をした。服はちゃんと洗濯したのか替えがあったのか分からないがぱっと見たところ泥染みはなく、目立った外傷もないのでテレーゼも一安心だ。

昨夜見た時はよく分からなかったが、彼女の目は紅茶のような赤みがかった茶色で、思っていたよりも若い。もしかすると、テレーゼとほぼ年が変わらないのかもしれない。

声は女性にしてはやや低めだが、きっと楽器演奏だけでなく歌を歌っても見事だろう。「まるで地獄のオーケストラ部隊のようですね」とエリオスが例えるようなテレーゼの歌声とは大違いだと、自信を持って言える。

「彼女がどうしてもテレーゼ様に礼を申し上げたいとのことだったのでお通ししましたが……よろしかったですか、テレーゼ様」

「構いません。昨夜説明した女性が彼女です」

ジェイドに尋ねられたテレーゼはきっぱり答えた。念のためと思って心の準備をしておいてよかった。

（といっても物はもらえないし、一般市民のリィナからお金を巻き上げるのもアレよね）

メイベルが茶を淹《い》れリィナを接待してくれる。テレーゼの向かいに座ったリィナが紅茶を飲む姿は洗練されていた。もしかすると、テレーゼより気品があるかもしれない。

「昨日は災難でしたね。体の調子はどうですか？　足も負傷したようですが、よくなりましたか？」

「おかげさまで、万全です。テレーゼ様が来てくださらなかったら、目立つところに怪我を負っていたかもしれません。ありがとうございました」

リィナの言葉に、壁際に控えていたジェイドも痛ましそうに顔をしかめた。彼やメイベルには昨夜の出来事を説明している。やはりジェイドにとっても、一般市民の女性官僚が貴族にいじめられたというのは気持ちのいい話ではないようだ。

「……テレーゼ様、まずはこちらを」

そう言い、リィナは肩掛け鞄《かばん》から一枚の封筒を出した。そこから取り出されたのは、なにやら細かい字が大量に書き込まれた書類。申し訳ないが、一見しただけで読もうという気が失《う》せる字の密集具合だ。

「……これは？」

「私の処分通知書です。官僚長の印は既にいただいておりますので、あとはテレーゼ様のサインをいただくだけです」

落ち着き払ったリィナの言葉に、テレーゼはぎょっとして書類をかっさらい、食い入るように見つめる。そこには確かに、「侯爵令嬢の手を煩わせたため」としてリィナを降格処分する旨が記されていた。

（いや、確かに助けに入ったし手で泥も落としたけど……それでリィナが降格処分⁉︎）

「なにこれ、おかしいでしょ！」

「いいえ。平民が貴族の令嬢のお手を煩わせるなど、あってはならぬことなのです」

リィナの声は落ち着いているが、かえってテレーゼは焦るばかりだ。

（そんな！　私が勝手に首を突っ込んだだけなのに、リィナが処分されるなんておかしいわ！）

どうすれば処分を免れるか――と思ったところで、ふとテレーゼは瞬《まばた》きした。

この紙は、テレーゼがサインしたことで効力を発揮する。

そしてリィナは、「お詫びをする」と言っていた。

「……分かったわ」

「ご了承くださり感謝します。さ、そちらにサインを――」

リィナの言葉に合わせ、メイベルが痛ましそうな表情で筆記具を持ってくる。

テレーゼは頷《うなず》くと両手で書類を持ち、目の高さに持ち上げて――

「……せぇい！」


ビリッ！

「そいやっ！」

ビビビッ！

しん、と部屋が静寂に包まれる。テレーゼの手の中には、四分割された書類が。我ながらきれいに四等分できたものである。

真っ先に我に返ったのはリィナだった。彼女は紅茶色の目を見開き、ダンッとテーブルに手を突いて身を乗り出してきた。

「テ、テレーゼ様！　なんということを――」

「大丈夫よ。紙も大切な資源。この後、サッシの掃除に使うから」

「そうじゃありません！　どうして――」

「だって、わたくしはこの内容に同意できなかったのですもの」

テレーゼは悪びれることなく、からりと笑う。何も言わずジェイドがテレーゼお手製「古紙回収箱」を差し出してきたので、そこに書類の残骸《ざんがい》を入れた。

「処分は却下。……メイベル、官僚長宛《あ》てに手紙を書くから、筆記用具を持ってきて。あと、リィナ。あなたは昨夜、わたくしにお詫びをしたいと言っていたわよね？」

「は、はい」

「それならちょうど、私が今欲しているものをあなたから譲ってもらいたいのよ。それを処分の代わりにすることで相殺するよう、官僚長を説得するわ」

テレーゼの言葉に、それまで狼狽《うろた》えていたリィナはぴっと背筋を伸ばした。

「……私にできることであればなんなりと。テレーゼ様のご希望に沿えるかは分かりませんが、金庫を開ける覚悟もできております」

「ああ、違うの。そういうのじゃなくてね」

テレーゼはいったん口を閉ざし、向かいの席のリィナをじっと見つめた。

リィナの眼差《まなざ》しは、強い。

（……うん、とっても素敵な眼差しだわ）

こちらの真意を測っているかのような視線を受け、テレーゼの口角がわずかに上がった。

「……わたくしは現在、大公様の妃《きさき》候補として城に留《とど》まっているけれど……わたくし、お妃になるつもりは最初からないのよ」

「……なんですって？」

「ちょっと実家の都合があって。わたくしは妃になるよりも、女官になることを目指しているの。三十数名いる妃候補の中で、妃に選ばれなかったとしても素質のある者は城仕えできるとのことなの。わたくしの目的は、そちらよ」

リィナは、信じられない、とばかりの眼差しで見つめてくる。

（……まあ、それもそうよね）

テレーゼ以外の妃候補はほぼ全員大公妃になろうと必死だろうし、城仕えの者もそれが当然だと思っているはずだ。

「ですが、城仕えするにはまだまだわたくし自身の力が足りていないと自覚しています。特に、勉学。女官になるには、今のままでは力不足——だからこそ、あなたの力を借りたいのです、リィナ」

テレーゼの言わんとすることを理解したのか、リィナの目から鋭い光が消えた。

「……つまりテレーゼ様は、城仕えするために必要な知識を私から吸収し、それを『お詫び』という形であてがいたいとおっしゃるのですね」

「話が早くて助かるわ」

「……確かに私は王宮仕えの官僚です。しかし、テレーゼ様に学を授けるとは恐れ多いことでございますし、こちらこそ力不足ではないかと」

「いえ、十分すぎるくらいよ。それに——他の妃候補たちは、使用人や専属騎士の他《ほか》にも、付添人の女性を据えることが多いのよ。教育係を据えるのはおかしなことではないし、何かに抵触するわけでもないわ。……ちなみに、リィナのご両親は何をされているのかしら？」

「……父は元官僚で、現在は昇格して地方の執政官職に就いております。母も元城仕えのメイドで、父との結婚を機に退職しました」

なるほど、とテレーゼは頷く。

以前大臣からも説明があったのだが、付添人は使用人や侍女とは立ち位置が違い、簡単に言うと令嬢のお友だち係だ。令嬢の愚痴を聞き、一緒にお茶を飲み、刺繍《ししゅう》をし、世間話をする。付添人にはたいてい、裕福な一般家庭や大商店などの家柄出身で、令嬢と同い年か少し年上くらいの娘が選ばれるのだ。

さすがに身分証明の難しい一般市民であれば大臣たちから待ったを掛けられるかもしれないが、父親が元官僚で現執政官、母親も元城仕えのメイドだというリィナならば、問題ない。

（といっても、私《わたし》はただのお友だち係がほしいからリィナにお願いしているわけじゃない）

官僚であるリィナの知識がほしいのはもちろん、ハープを弾きこなす才能や、あまたの令嬢たちに詰め寄られてもひるむことのない強い心に惹《ひ》かれたのだ。

リィナはしばし沈黙して考え込んでいた。そして――ふわり、とその頰《ほお》がほんのり赤く染まる。

「……その、私でよろしければ――喜んで」

「ええ、ありがとう！……あ、そうそう。ここにいるジェイドとメイベルは知っているけれど、わたくし――私は堅苦しいことが苦手だから気軽に接してちょうだいね、リィナ」

そう言ってテーブル越しに手を差し出した。

貴族の令嬢ならばまず行わない、友好の握手。

紅茶色の目が軽く見開かれたが、やがて彼女は目尻《めじり》を垂らし、そっとテレーゼの手を握り返してくれた。テレーゼの手よりも大きくて、爪《つめ》が短い、働く女性の手だった。

「……はい。よろしくお願いします、テレーゼ様」

その後リィナはテレーゼ直筆の手紙を携えて官僚長のもとに行き、処分の撤回と妃《きさき》候補の付添人になる旨を伝えた。

どうやら貴族令嬢の付添人になるというのは官僚の中では非常に名誉なことだったらしく、処分の撤回を承諾された後、同僚からは羨《うらや》ましがられたり、励まされたり、応援されたりして送り出されたという。

＊　＊　＊

使用人であるメイベルと違い、リィナがお茶汲《ちゃく》みや衣類の整理、手紙の管理をする必要はない。さっそくテレーゼはリィナと一緒に図書館に通い、勉強を進めることにした。

二人きりの図書館は静かで、落ち着く。少々だったらおしゃべりしても迷惑にはならないしリィナも「適切な休息を取ることも必要ですからね」と許可してくれたので、肩の力を抜いて雑談することもできた。

ちなみに護衛であるジェイドは、入り口のところで待ってもらっている。最初の頃《ころ》は彼も一緒に入っていたのだが、どうやら彼は気管支が弱く、図書館の埃《ほこり》っぽい空気が苦手らしい。咳《せき》とくしゃみが止まらなくなったので、それ以降彼には風通しのいいところで待ってもらうことにしていた。入り口には司書がいて来館者のチェックをしているし、館内には巡回の騎士の姿も見られるので大丈夫だろう。

勉強をしながらリィナと話してみて分かったのだが、大人びた雰囲気の彼女も、年齢はテレーゼと同じ十八歳。生まれ月はテレーゼの方が二ヶ月ほど早かった。

「そうなの……リィナは幼年学校卒業後、上級学校に通ったのね。あれ、入学試験が難しいって聞いたけれど」

「はい、私と同時に受験した同級生も多数いましたが、合格したのは半数足らずでしたね」

「そっか……私、女学院に進学できなかったから幼年学校までしか知らないの。上級学校って、どんなところ？」

アクラウド公国は教育において、平民でも貴族でも八歳で幼年学校に入学し、十二歳までの間に基礎教養を身につけることを奨励している。卒業後、平民の中で学力と金のある者は上級学校に進学する。上級学校を十六歳で卒業すれば、官僚登用試験を受けることができるそうだ。

貴族男子の場合、長男はすぐさま社交界に出て貴族としての闘いに加わることが多い。他《ほか》にもジェイドのように騎士団に入ったり、大学院に進学した後、大臣の部下である側近に就職したりする者もいる。

貴族女子の場合は、幼年学校卒業後も半数以上は女学院に進学し、花嫁修業を行う。アクラウド公国での女子の結婚適齢期は十代後半であるため、それまでの間城仕えの侍女になってスキルアップを狙《ねら》ったり女官としてばりばり働いたりと、わりと進路の選択肢は与えられていると言えた。

（私も勉強は別に嫌いじゃなかったけれど、進学費が捻出《ねんしゅつ》できなかったからねぇ）

なにしろ国からかなりの補助が出る幼年学校と違って、女学院はとにかく金がかかる。学費はもちろん、衣装代、接待費、交際費など毎日何らかの支出がある。幼年学校の先生に見せてもらった「女学院進学に必要な費用」リストに記された金額はとてつもなく、リトハルト家ではテレーゼが女学院で恥を掻《か》かないくらいの潤沢な資金を用意することはできなかったのだ。

上級学校について尋ねられたリィナはペンを置き、「そうですね」としばし考えた後、口を開いた。

「学問はもちろん、芸術や礼法、体育の授業もありましたね。実技系では専攻科目もあり、私は芸術で弦楽を専攻したのです。楽器の才能は貴人の接待をする際にも役に立ちますからね、かなり力を入れて練習しました」

「あ、だからこの前ハープを披露したのね」

「はい。先生にも筋がいいと褒められまして、校内の大会でなかなかよい結果を収められたものです。卒業してからも、小型のハープでの練習はまめにしています」

それでは、音楽会で賞をかっさらうのも当然だ。

「芸術はともかく……女の子でも体育をするの？」

「はい。男子生徒と女子生徒では受講内容が違い、私たちは主に基礎体力作りと護身術を学びました。いざという時に抵抗できるくらいの術《すべ》はあって、損はないですからね」

「なるほどね……」

図書館の天井を見上げ、テレーゼははあっと息をついた。

（すごいわ……）

リィナの場合、才能と環境が整っていたのもあるだろう。だがそれを差し引いてでも、同い年だというのにテレーゼとは雲泥の差である。

「何を食べたら、リィナみたいに落ち着いた女の子に育つのかしらねぇ」

「たぶん、食べたものはほとんど関係ないと思います」

「賞味期限間近のものばかり食べていたから、私は落ち着きがないのかしら」

「……その理論が正しいのならば、同じものを食べて育ったはずなのに、たいへん落ち着いている弟君がいらっしゃるというのは、つじつまが合わなくなるのでは？」

「そのとおりだわ！」

まったく、リィナの指摘は的確である。

「……それではそろそろ再開させましょうか。こちら、アクラウド公国内の特産品をまとめた地図です。気候の関係か、公国内では果実の生産が盛んですね」

「……ああ、そっか。うちもかつてはブドウがよく採れて、ワイン醸造で栄えたのだったわ」

「かつては……ですか」

「ええ。お祖父《じい》様の代で大飢饉《だいききん》に見舞われた時にブドウ畑も全滅したから、ワイン醸造庫も全部手放してしまってね。昔は領内で製造したワインをおいしく飲めたそうだけれど今では……ほら、ブドウ栽培の盛んな隣国があるでしょう？　あそこから輸入しようにも、最近関税が厳しくなっているし」

「西の隣国バルバですね。十年ほど前に新王が就いてからというもの、よくない噂《うわさ》ばかり聞きます」

リィナは顔をしかめた。

テレーゼはよく城下町をふらふらするので、商人たちから他国の情勢を聞いたり傭兵《ようへい》から最近の仕事内容を教えてもらったりと、アクラウド公国と他国との関係には詳しかった。

バルバはもともとアクラウド公国から枝分かれする形で派生した国で、二国は長い間冷戦状態だったが、新王の代になってからというもの、ますます黒い噂が絶えなくなっていた。

「ええ。私が前に城下町で聞いた話だと、バルバの過激派にはアクラウド公国を併呑《へいどん》してしまおうって主張を掲げている人もいるらしくて――」

「……あなたがテレーゼ・リトハルト？」

テレーゼは、凛《りん》とした声に呼ばれて顔を上げた。隣に座っていたリィナも反応し、テレーゼをかばうような体勢で振り返る。

見ると、立ち並ぶ書架の間から、深紅のドレスを纏《まと》った娘が歩いてきていた。書籍が傷まないよう日光を遮断するため窓にブラインドが掛けられているので、真昼でも館内は薄暗い。そんな中でも、ゆったりとした足取りで歩み寄ってくる娘は全身から光を放っているかのようにまばゆく、堂々としていた。

テレーゼのように他の色が交じった金髪と違い、彼女の髪はバターを溶かしたかのような濃い金色で、しかも毛先が見事な螺旋《らせん》を描いている。いくつものドリルは、少々歩いた程度ではその形を崩すことがない。すばらしい形状記憶装置付きである。テレーゼの、ただ単にくるんくるん回っているだけの癖毛とは大違いである。

顔立ちは彫りが深く、なかなか迫力のある美貌《びぼう》である。昔エリオスに読み聞かせてあげた平民向けの児童書では、目からビームを出して町を破壊する敵が出てきた。彼女の杏《あんず》色の目は眼力がすさまじいので、頑張ればビームが出せるのではないだろうか。

金髪ドリルの美女はテレーゼたちの前で立ち止まると、ふんっと鼻を鳴らして胸を張った。中に大玉の果実でも入っているのではないかと思われるほど、豊かな胸である。テレーゼもそこまで貧相ではない自信があるが、彼女のそれは女性でもほれぼれするようなサイズだ。

「ご挨拶《あいさつ》するのは初めてね。わたくしはクラリス・ゲイルード。ゲイルード公爵の娘です」

「……リトハルト侯爵家のテレーゼ・リトハルトでございます」

自分より身分が上の相手であると気付いたテレーゼは、椅子《いす》から立ち上がって淑女の礼をした。

そうしてゆっくりとした口調で挨拶をしつつ、ドリル美女の名前を頭の中で反芻《はんすう》する。

(クラリス……あれ、どこかで聞いたことがあるような――)

だがテレーゼが思い出すより早く、リィナの腕がびくっと震えた。クラリスはリィナを見ると、鮮やかな杏色の目を細める。

「……おまえが、先日の音楽会で優秀賞をかっさらった平民の官僚ね。……貧乏侯爵令嬢は、平民と仲良くしていて何とも思わないのかしら」

「なっ……!」

思わず声が漏れてしまった直後、テレーゼは気付いた。

（……そうだ、この前リィナをいじめていた令嬢たちが、クラリスって名前を口にしていたわ）

テレーゼの記憶が正しければ、このクラリス本人はあの場にいなかった。ということは、リィナをいじめていたのはクラリスの取り巻きか何かだろう。

公国内で公爵の地位を持つ者はたいてい、大公家と縁続きだ。貴族の中での最高位である公爵家の娘であれば、妃候補の中に腰巾着《こしぎんちゃく》がいたっておかしくはないだろう。

その時、ギリッという音がした。見ると、公爵令嬢相手に頭《こうべ》を垂れているリィナの体がわずかに震え、その手が椅子の背もたれをぎゅっと握っている。

（……そうだわ。リィナは、この人の取り巻きにいじめられた――）

皆の前では凛とした態度を貫いていたリィナだが、大ボスを前にするとやはり恐れが勝ったのだろう。今も彼女はテレーゼをかばうように腕を差し出してくれているが、そもそも平民であるリィナは公爵令嬢に物申せる立場ではない。

（……ここは、私がどうにかしないと）

テレーゼはわずかに震えるリィナの手にそっと片手を乗せると、背の高いクラリスを真《ま》っ直《す》ぐ見上げた。

「……お言葉ですが。こちらのリィナはわたくしの付添人で、かけがえのない存在です。わたくしの実家が貧しいのは事実ですので何も申し上げませんが、どうかリィナのことまで悪し様《あざま》に言わないでくださいませ」

「何か誤解されているようですね。わたくしは真実を述べただけです」

心外だ、とばかりにクラリスは目を瞬かせ、羽根飾りの付いた扇子をさっと広げて口元を覆い隠した。あの羽根一本で、弟妹たちの下着が何枚買えるだろうか。

「金があろうとなかろうと、侯爵家の娘という身分に恥じぬ行動をせよ、とわたくしは忠告申し上げているのです。いつ、わたくしがその女を悪し様《あざま》に言いましたか？」

「……リィナは実力で優秀賞を勝ち取りました。取り巻きに命じてリィナに辞退させるよう迫るような方に忠告されたくありません」

「テレーゼ様っ」

リィナが焦ったように声を上げたが、テレーゼは唇を引き結んで腹筋に力を込める。

（怒らせてしまったかしら。それとも、知らぬフリをなさるのかしら……）

クラリスが次なる攻撃を放ってくると思って身を硬くしたテレーゼだが、クラリスは細い眉《まゆ》を寄せて扇子の位置をずらした。

「……お待ち。取り巻きとは、何のことですの？」

「音楽会の後で、あなたのために優秀賞を辞退しろと、妃《きさき》候補の令嬢たちがリィナを取り囲んでいたのです。わたくしは、そこを止めに入って――」

「……なんですって？」

テレーゼを遮《さえぎ》ったクラリスの声は、それまでの艶《あで》やかなものから急落し、唸《うな》るような声になっていた。同時にびくっとしたテレーゼとリィナだが、クラリスの怒りの矛先が自分たちの方を向いていないと知り、顔を見合わせる。

てっきりテレーゼたちは、受賞できなかったクラリスがリィナに嫉妬《しっと》し、取り巻きたちに命じてリィナを取り囲ませたのかと思っていたのだが。

（……もしかして、クラリス様はこの前のことを、知らない？）

だがテレーゼが真実を問うより早くクラリスは元の調子を取り戻し、ふんっと鼻を鳴らして扇子をばさっと振った。彼女が纏《まと》っているらしい、甘い香水の香りが辺りに広がる。

「……そういうことですのね。まあ、いいわ。何にしても、この公城で過ごす際には身分をわきまえなければ痛い目に遭うということを知っておきなさい。そこの官僚はもちろん……テレーゼ・リトハルト。おまえもね」

それだけ言うと、クラリスはくるりときびすを返して大股《おおまた》で歩き去っていった。早足で歩いているため、純金製のドリルがぐるんぐるん回転している。書架の間から飛び出し、彼女の後を慌てて追いかけていった女性たちは、クラリスの侍女だろうか。

嵐が去った図書館は、以前よりずっと静まりかえっていた。さっきまでは周りにいた他の利用者たちは、忽然《こつぜん》と姿を消している。代わりに、焦った様子のジェイドが早足で駆け込んできた。

「テレーゼ様、ご無事でしたか⁉」

「えっ、ジェイド！　ちょっと、こっちに来たら咳《せき》が出るんでしょ⁉」

「多少は大丈夫です！……申し訳ありません。クラリス・ゲイルード公爵令嬢の専属騎士が私《わたし》の上官で、しかも『侯爵令嬢には決して手荒なことはせず、上の者として忠告するだけだ』と言われたので押し入ることもできず――」

「ううん、大丈夫よ。ちょっと言葉を交わしただけだったから」

テレーゼは言い、リィナに本を片づけるよう頼んで一足先にジェイドを連れて席を立った。図書館を出る前に司書に一言詫《わ》びてから、廊下で大きく息を吸う。

そして考えるのは、クラリス・ゲイルードのこと。

（……身分ばかりが念頭にあって、言い方はかなりイヤミっぽかったわ。でも――）

リィナを待つ間、テレーゼは廊下の壁に寄り掛かって先ほどのクラリスの表情を思い浮かべる。

（音楽会の出来事を聞いたクラリス様はかなり驚いてらっしゃったし、その後自分の取り巻きに対して怒っていらっしゃるご様子だったわ。それじゃあ、あれはクラリス様が命じられたことではないし、本人は勝手なことをしている取り巻きを不快に思われている……？）

彼女の言い分はもっともかもしれないが、素直に同意することはできない。

それでもテレーゼは、取り巻きのしでかしたことを知った時のクラリスの――怒りと、屈辱に満ちた顔が忘れられなかった。

＊　＊　＊

リィナとの勉強会は専ら座学だが、たまには外で勉強しようということで、メイベルやジェイドも連れて庭園に出ることになった。

「城の官僚や女官は体力勝負な面もあるので、いくら頭脳明晰《めいせき》でもあまりにもひ弱で運動不足だと、書類選考の時点で落とされることもあるのですよ」

「な、なんですって……！」

リィナからとんでもない事実を教わったテレーゼは真っ青になり、リィナの全身にさっと視線を走らせる。

（リィナは私より背が高くて、すらっとしているわ……ま、まさかあの制服の下には、ジェイドも真っ青になるようなゴリッゴリの筋肉が――⁉）

「テレーゼ様、いくら付添人相手でもあまり失礼な妄想をなされませぬよう」

「どうして分かったの、メイベル⁉」

庭園に出るために日傘や外出用の靴を準備していたメイベルを振り返り見ると、彼女はやれやれとばかりに大きなため息をついた。

「……テレーゼ様がお生まれになった時から側《そば》にいるこのメイベルには、分かりますとも」

「なるほどね。それじゃあメイベル、ゴリッゴリの筋肉を付けるにはどうすればいいと思う？」

「テレーゼ様はまず、先ほどのリィナ様のお言葉の意味をよく考えてください」

「あ、はい」

本日は青空にうっすらと雲が掛かっており、いい感じに日光を遮ってくれていた。それでも日焼けは厳禁だということで、テレーゼはメイベルに日傘を差してもらい、庭園に降りた。農作業も薪《まき》割《わ》りもお手の物のテレーゼの肌にとっては焼け石に水だと思ったのだが、メイベルは譲ってくれなかった。

リィナはそれほど植物には詳しくなかったので、今回先生役になるのはメイベルとジェイドの方だった。メイベルは花に詳しく、そして意外にもジェイドは薬草やハーブの知識が豊富だった。

「ご覧ください、テレーゼ様。この二種類のハーブの違い、分かりますか？」

ジェイドに尋ねられ、テレーゼは貴重な外出用ドレスの裾《すそ》が汚れないよう、スカートを手で押さえながら花壇の脇《わき》にしゃがんだ。ジェイドは庭師の許可を取って切り取ったハーブをつまんでおり、テレーゼは目を皿のようにして二枚の葉っぱをじっくり見つめる。

「こっちは……葉が少しギザギザしている？　そっちのは、ギザギザが小さい？」

「そのとおりです。実はこの二種類のハーブを見分ける方法は、葉の尖《とが》り具合のわずかな違いのみなのです」

「へえ……それ以外はそっくりね」

「匂《にお》いもよく似ているので間違えられやすいのですが、こちらはメートラと言い、食用です」

「あっ、町で乾燥したメートラの葉が売られているのを見たことがあるわ！」

「そう、それです。逆にこちらはカーライナと言い、香りはいいのですが苦みが強すぎます。よってカーライナは乾燥させてポプリにし、メートラを肉の臭み消しなどに使います」

へえ、と感心の声を上げるテレーゼの隣で、日よけの帽子を被《かぶ》ったリィナも驚いたようにジェイドを見ている。

「本当に詳しいのですね、ジェイド様。私もメートラとカーライナの名前は知っていましたが、見分け方までは――」

「騎士団に所属していると、遠征もありますからね。遠征先で負傷した場合、怪我の程度によっては持参した傷薬ではなく、野の花やハーブを摘んで薬草として活用するのです。それに野外炊事をしていると自然と、食べられる草と食べられない草というものも分かってきます。……まあ、私もかつてカーライナを間違えて調理して仲間に振る舞ってしまい、叱《しか》られた過去があるのですが……」

「まあ……」

堪《こら》えきれずテレーゼが噴き出すと、リィナもくすくす笑った。女性二人に笑われたジェイドはほんのりと頬《ほお》を染め、摘んだばかりのメートラをリィナが持っている籠《かご》に入れる。

「……何事も経験ありき、です。毒キノコや未処理の魚を食べて腹を下したこともあるので、自然と胃も強くなりました。おかげさまで今では、少々腐りかけのものでも問題なく食べられますよ」

「騎士って、そんなに何でもかんでも食べさせられるものなの？」

「……いえ、ただ単に昔の私が無謀だっただけです」

ますますばつの悪そうな顔になるジェイドだが、テレーゼの心は穏やかだった。

（こうやって、ジェイドやリィナのいろんな顔が見られるの、幸せだなあ）

同じ敷地内で、大公の妃候補たちが争っているというのが嘘《うそ》みたいだ。

ジェイドとメイベルにハーブを摘んでもらっていたテレーゼはふと、リィナが庭園の奥の方に厳しい視線を向けていることに気付いた。

「……リィナ？」

「……どうやら今日は、他《ほか》のご令嬢たちも外に出られているようですね」

そう呟《つぶや》くリィナの声は緊張を孕《はら》んでいる。テレーゼが立ち上がったのと同時に、「あら」と少し離れたところから女性の声がした。

「そちらにいらっしゃるのは、テレーゼ・リトハルト侯爵令嬢ご一行ではなくって？」

「あら本当。こんなところで奇遇ですわ」

そう口々に言いながら生け垣の陰から顔を覗《のぞ》かせてきたのは、華やかなガーデン用ドレスを着た令嬢たちだった。ピンクやライムグリーン、スカイブルーにレモンイエローと、それぞれの個性を引き立てる色とりどりのドレスの令嬢たちが続々と現れ、テレーゼを見てくすくす笑う。

（……ああ、そりゃあ確かに、皆に比べたら私のドレスは貧相よね）

しかも、気を付けたつもりではあったが裾に泥が付いている。

テレーゼをじろじろと見ていた令嬢の一人が、いいことを思いついた、とばかりに目を輝かせてずいっと身を寄せてきた。

「ああ、そうですわ。……テレーゼ様も是非、クラリス様のお茶会に参加してくださいな」

「それは名案ですわ！　お客が増えて、クラリス様もきっとお喜びになるでしょう」

「招待状を送っても、いつもテレーゼ様からはお断りのお手紙ばかり返ってきますもの。一人で草を見るくらい暇なら、来てくださってもいいでしょう？」

くすくす笑いながら言う彼女らからは、まったく好意が感じられない。

（……これはもしかして、貧相なドレスで浮いた存在の私をお茶会の席に連れ込んで、恥を掻《か》かせようって計画かしら？）

母が持たせてくれた必携書『恐怖！　本当にあった怖いお城の話！』に、そういったエピソードがあった。それには確か、身分が低くて地味なドレスしか買えない令嬢をわざとお茶会に招待し、からかったりいじったりしてサンドバッグにすることでストレスを解消する令嬢たちの話が書かれていた。また、自分より容姿の劣った者を同席させることで、自らの美しい容貌《ようぼう》を引き立てることにもなるのだとか。

（美しいものは、美しいもの同士で引き立てあうべきなのに！）

だが後に引けない状態だし、ここでテレーゼが下手に打って出てメイベルやジェイドに迷惑が掛かるのも嫌だ。

それに――テレーゼの記憶が正しければ、この中からかつてリィナをいじめた者と同じ声が聞こえる。

（……となったら）

「……分かりました。ご案内お願いできますか？」

テレーゼは笑顔で承諾してから振り返り、唖然《あぜん》とした顔のメイベルたちにも微笑《ほほえ》みかけた。

「ジェイド、わたくしと一緒に来なさい。リィナはハーブを持っているから、それを部屋まで持っていって。メイベルはリィナに付き添って、お茶会が終わるまで部屋で待っていてちょうだい」

「……かしこまりました」

リィナとメイベルは一礼し、きびすを返した。

（よし、これでリィナをこの場から遠ざけられるわね）

テレーゼの側《そば》にはジェイドがいる。令嬢たちは男性に自分たちの素顔を見られるのを嫌っているようだから、ジェイドがいれば度が過ぎた行為はしないはずだ。

怯《おび》えた態度を取れば、相手は弱みを握ったとばかりに攻撃を仕掛けてくる。

（今こそ、『お城で生き抜くためのメソッド集』より、『敵に弱みを見せるな！　多少見栄《みえ》を張ってでも、強気で挑め』を実践すべき時！）

母直筆のメソッド集のお言葉を胸にテレーゼは悠々とした足取りで、令嬢たちについて庭園を歩く。そうするとやがて、お茶会の会場である東屋《あずまや》に到着した。

そこでは予想通りというか何というのか、どどんと構えた大ボス――もといクラリスと、あまりぱっとしない印象の令嬢二人が既に待っていた。

「クラリス様。道中でテレーゼ・リトハルト様をお見かけしたのでお誘いしました」

「クラリス様のお誘いを断ったくせに、道草を食ってらっしゃいましたの」

失礼な言いようである。道草も、茹《ゆ》でて塩を振ればなかなかおいしいのに。

今日のクラリスも、網膜に焼き付くようなきつい深紅のドレスを着ていた。他《ほか》の令嬢たちが淡い色合いで統一されているので、余計に強烈である。金髪は今日も元気にドリルを描いており、ドレスと同色の薔薇《ばら》の髪飾りが美貌《びぼう》と迫力に彩りを加えている。なかなかビビッドな色合いで目には優しくないが、クラリスの彫りの深くて迫力を感じさせる美貌にはよく似合っていた。

クラリスは最初、「なんでこいつが」と言いたそうなうろんな目をテレーゼに向けていたが、やがて愛用の扇子の先で席を示した。そこに座れ、ということだろう。

（……ああ、「お許し」が出てしまったわ）

心の中では、「おまえは帰れ」と言われることを期待していたテレーゼだが、お茶会への参加を許されてしまっては逃げ出せない。

東屋の入り口には令嬢たちが連れてきていた他の護衛も控えていたので、ジェイドはそこで待たせておいて、テレーゼは指定された席に座った。奇《く》しくも例の地味な感じの令嬢二人の間だったので、少しでも自分の気持ちを盛り上げようとテレーゼはにこやかに二人に声を掛ける。

「初めまして。テレーゼ・リトハルトです。あなたたち、お名前は？」

「えっ……と、その……伯爵家の、マリエッタ・コートベイル、です……」

テレーゼの右隣の令嬢が、声をひっくり返らせながら答えた。

内巻きにカールした栗色の髪に、秋の空のような澄んだブルーの目。身長はテレーゼと同じくらいに見えるがずっと細身で、かなり痩《や》せている。着ている淡い水色のドレスはシンプルで、髪を留めているべっ甲細工の華やかなバレッタ以外、目立った装飾品も身につけていなかった。

対する左隣の令嬢は、かなり赤みの強い金髪に緑色の目を持っている。だが先ほどからずっと顔を伏せており、テレーゼが自己紹介しても「……マーレイ伯爵家の、ルクレチアです」とぼそぼそと答えるだけだった。

びくびくしっぱなしのマリエッタ。ちょっと根暗そうなルクレチア。そして貧相な身なりのテレーゼ。そして、そんな三人のすぐ側にどんと構えるクラリス。

（なんてすばらしい陣形なのかしら！）

本当にあった怖い話が、本当に起きた。

他の令嬢たちも席に着くと、侍女がお茶の仕度を始めた。メイベルはどちらかというとゆっくりと動く方だったが、この若い侍女たちはお茶を淹《い》れる動作が素早い。あっという間に茶の準備が整い、華やかなお茶会が始まりを告げた――のだが。

「……そうですの！　本当に、クラリス様は詩歌がお上手で……」

「才色兼備とは、まさにこのことですね！」

「神の愛を一身に受けられたクラリス様なら、大公閣下の花嫁に選ばれるはずです！」

「ああ、クラリス様が羨《うらや》ましいわ！」

「わたくしも、クラリス様の才覚に少しでもあやかりたいですわ」

令嬢たちは、口を開けばクラリス様、クラリス様、クラリス様、クラリス様――

（なんておもしろくない！）

にこやかな仮面を被《かぶ》りながらも、開始五分で既にテレーゼは飽きてしまった。令嬢たちはクラリスのご機嫌を取るのに必死のようで、先ほどから同じような話題の繰り返しだった。テレーゼの脳みそは既にクラリス様の文字であふれかえっていて、そろそろ痒《かゆ》くなってきそうだ。

だが意外と、褒めちぎられているはずのクラリスはおもしろくなさそうな顔をしていた。いくら褒められても表情は揺るがず、愛用の羽根扇子をゆらゆら動かしているだけなのが意外だ。彼女の見事なドリルも、不機嫌そうにゆらゆらと揺れているだけだ。テレーゼにドリルの気持ちは分からないので、あくまでも予想だが。

ちらっと左右に視線を走らせてみると、左隣のルクレチアは俯《うつむ》いたまま黙って茶を飲んでいた。ぽかぽかと日差しが温かく、少しだけ暑いと感じるくらいの時季なのに、彼女は長袖《ながそで》のクリーム色のドレスに厚手の手袋を嵌《は》めており、若干カップを持ちにくそうにしている。脱げばいいのに、と思ったが、もしかすると彼女にも手袋を外せない事情があるのかもしれない。

（……そういえばお母様も、手荒れがひどい時には真夏でも厚手の手袋を嵌めてらっしゃったわ。脱いだら手が露《あら》わになってしまう、っておっしゃっていて……）

そういうこともあるだろうと納得し、テレーゼは続いて右隣を見やった。

マリエッタはルクレチアと同じ目立たない系令嬢ではあるが、しれっとしているルクレチアと違い明らかに動揺している。カップを持つ手もルクレチアとは別の意味で危なっかしく、足ががくがく震えているのがテレーゼにも分かった。

（緊張されているのね……大丈夫かしら）

侍女が、ベリータルトを切り分けてそれぞれの皿に載せた。タルト生地はかなり硬いので、気を付けてナイフを入れないとぼろぼろこぼれてしまう。

だがテレーゼが気を付けてナイフを入れる傍ら、案の定というか、緊張で震えていたマリエッタはナイフの力加減を誤ってしまったようで、ガチン！　と大きな音を立ててナイフを皿にたたきつけてしまった。

とたん、クラリス様万歳状態だった東屋に静寂が訪れる。約十対の目がマリエッタに向けられ、だんだんとその眼差《まなざ》しが険悪なものになっていった。

「……無様です」

それまで仏頂面で沈黙していたクラリスが、低い声を放った。

彼女はぱちん、と音を立てて扇子を閉ざし、凍《い》てつくような眼差しをマリエッタに注ぐ。

「おまえは確か、コートベイル伯爵家の者ですね。伯爵家では、タルトの食べ方ひとつも学ばなかったのですか？」

クラリスの言葉に、令嬢たちの目にきらりと炎が宿った。それは、おもしろいおもちゃを見つけた時の子どものように純粋で、それでいて残酷な輝きだ。

マリエッタは弾《はじ》かれたように顔を上げた。空色の目は恐怖で見開かれており、ぶるぶる震える手から今にもカトラリーが滑り落ちそうだ。

「そ、そんなことは……」

「あら、クラリス様に刃向かおうというの？」

「足りていないのは、食事の作法の知識だけではないようですねぇ」

これ見よがしにマリエッタをあざ笑う令嬢たちを見ていると、だんだんテレーゼの眉間《みけん》にも皺《しわ》が寄ってくる。

（……本当に！　やり方が美しくないわ！）

さすがに一言物申したくなったテレーゼは静かにカトラリーを置き、すっと息を吸った。

「……お言葉ですが、皆様。発言よろしいでしょうか？」

「……何の用ですの、びん――いいえ、テレーゼ・リトハルト様？」

（今、『貧乏』って言おうとしたわね……まあ、それは事実だからいいとして）

こほん、と咳払《せきばら》いし、テレーゼは自分をじとっと見つめる眼差しにひるむことなく穏やかに微笑《ほほえ》んでみせた。

「このままでは皆様のご厚意が無駄になってしまうのではないかと思うため、一言申させてくださいませ」

「……厚意？」

「ご覧ください、マリエッタ様は萎縮《いしゅく》してしまわれています。皆様は寛容なお心をお持ちですし、マリエッタ様の礼儀作法をご指摘なさりたいそうですが、これではマリエッタ様のためにもならないのではないでしょうか？」

「その物言いはよくない」となじるのではなく、「マリエッタを正そうとしているなら逆効果だ」と、別の方向から令嬢たちの行いを指摘する。

（お母様直筆メソッド集にも、『たとえ相手に非がある時でも、その行いをよく観察し、穏便に事を運べるよう工夫すること』とあったわ）

予想通り、「マリエッタをいじめている」ではなく「失敗を指摘し正そうとしている」という視点から突っ込まれた令嬢たちは、テレーゼの言葉に虚を突かれたようだ。ここでテレーゼの言葉を否定するほど、彼女らに余裕があるわけでもないのだろう。

「……ま、まあ、そうね」

「貴族として当然の行いをしただけですわっ」

そう言った後、彼女らはさっと大ボス——のようなクラリスへと視線を向ける。最後はボスの指示を仰ぐのだろう。

クラリスはテレーゼの言葉を聞いても眉《まゆ》ひとつ動かさない。だが彼女は扇子を開いて口元を覆い隠すと、杏《あんず》色の目を細めた。

「……よく回る口ですこと。おまえの言いたいことは分かりました。ただ、わたくしは自身の発言を撤回するつもりはございません。コートベイル伯爵令嬢が場にそぐわぬ失態をしたのは事実。今、近くにいるのは護衛騎士や侍女だけという限られた空間だからよかったものの、公の場では最悪処罰を受ける——そのことは伯爵令嬢も侯爵令嬢も、その身に刻みつけておきなさい」

テレーゼははっと小さく息を呑《の》んだ。

(……この方、すごいわ)

己の考えを曲げず、行いを無理に正当化することもない。テレーゼの指摘を受けながらも淡々と事実を述べる姿は、少々物言いが厳しいことを除けば令嬢の鑑《かがみ》と言ってもいいだろう。

(きっと、私と違ってこれまでにも社交の場に出たことのある人だからこそ言えるのよね)

緊張の汗でぬめる手をドレスのスカートでそっと拭《ぬぐ》い、テレーゼはお辞儀をした。

「……ご忠告痛み入ります、クラリス様」

そして周りの者に気付かれないようにそっとマリエッタのドレスの裾《すそ》を引っ張ると、半分放心状態だった彼女もはっと我に返り、深く頭を下げた。

「わ、わたくしも以降気を付けます！　皆様、親切にもご指摘してくださり、ありがとうございました！」

ここまで言われると、令嬢たちもこれ以上難癖を付けることができないようだ。

最初はどことなくそわそわした様子だったが、侍女が紅茶を淹れ直し、次の菓子を持ってきたことで少しずつ緊張もほぐれてきた。

その後もお茶会は続行されたが、先ほどくらいのクラリス様コールをすることはなくなったのが、テレーゼにとってもありがたかった。これ以上クラリス様を連呼されれば、夢にまで深紅のドレスの美女が出てきそうだ。

（……あとは、時間が過ぎるのを待つだけね）

ほっと肩の力を抜いたテレーゼは、気付かなかった。

背後からテレーゼの動作を見守っていたジェイドと、感情の読めない眼差しで一部始終を見守っていたルクレチアが、視線を交わしたことに。

4章　令嬢、いろいろな経験を積む

夜会は、退屈だ。
和やかに談笑している者たちも、笑顔の下では何を考えているか、分かったものではない。
大公国の公子である彼にごまをするために近寄り、甘い言葉を囁《ささや》くその両目は、欲望でぎらぎら
と輝いていていた。
両親はそんな大人たちの応対をするのにも慣れっこの様子だが、まだ成人してもいない年齢の彼
にはこの会場の空気は息苦しく、椅子《いす》に座っているだけでも体力と精神力を削られていった。
やがて堪えられなくなった彼は護衛の者にこっそりと体調不良を訴え、庭に出る許可を取った。
彼らは年若い公子のことを思い、会場を出るまではぴったりと脇《わき》に寄り添っていたものの、庭に出
ると「我々は離れた場所におりますので、ごゆっくりお過ごしください」と一人にさせてくれた。
庭園は夜風が吹いており、心地よい。会場に充満していた化粧や香水の香りから解放され、彼は
すがすがしい風を胸いっぱいに吸い込んだ。そうしていると、心まで爽《さわ》やかになれるようで――
「……やめて！　やめてください！」
……すがすがしい夜の世界に、少女の悲鳴が響く。
彼ははっと振り返り、声のした方へと急ぐ。護衛たちのいる場所からは離れてしまうが、少女の

悲鳴を聞いて無視できるほど彼は冷酷でも臆病《おくびょう》でもない。

急ぎ足で向かったそこは、噴水のある広場だった。円形の噴水は豪華なデコレーションケーキのような段々状になっており、花びらを浮かせた水が静かに流れ落ちている。

その噴水の横に立つ少女。彼女を取り囲む、数名の貴族の少年たち。

「……何をしているんだ！」

ただならぬ空気を察して鋭い声を上げると、少年たちはぎょっとして我先にと逃げ出してしまった。彼らの顔には見覚えがある。慌てて逃げる様子からも、大公国の公子に見られたらまずいことをしていたというのが一目瞭然《いちもくりょうぜん》だ。

少年たちが逃げ去ってもなお、少女はその場にいた。彼女は髪をまとめるためか、つばの広い大きな帽子を被《かぶ》っている。着ている水色のドレスはその年頃《としごろ》の貴族の娘にしてはシンプルだが、星明かりのみが地上を照らす夜の庭園に立つその姿はどことなく神秘的で、全身がぼんやりと輝いているように見えた。

少女が、こちらを見る。帽子のつばが大きいので顔は見えないが、意志の強さを表すように引き結ばれた唇が印象的だった。

「……助けてくださったのですか？」

少女が問う。声からして彼とほぼ同じか、少し下くらいの年頃だろう。

彼はなんとなく、その少女の声が心地よいと感じた。

「いや、僕はただ通りかかっただけだ。何かあったのかい？」

「それは……」

少女が体ごと彼の方を向いた。よく見るとその腕には、びしょびしょに濡《ぬ》れた毛玉――ではなく、小動物の姿があった。

「それは、キツネかな？」

「はい。きっと、どこからか迷い込んできてしまったのでしょう。さっきの彼らは、この子をいじめて噴水に沈めていたのです。それを見ると……我慢できなくて、割って入ってしまって」

そういうことか、と彼は険しい顔になった。か弱い命を蹂躙《じゅうりん》するような先ほどの連中には近いうちに、何らかの形で沙汰《さた》を言い渡さなければならないだろう。

「そうか。君は勇敢なんだね。すばらしいことだよ」

「いいえ、そんなことはありません。……あの、あなたはどちら様ですか？」

少女に問われて彼は、彼女が目の前の少年の正体を知らないのだと悟った。今日の夜会には国中の貴族を呼び寄せているのだが、幼い者や普段公城に出入りしない者であれば彼の顔を知らなくても仕方ないだろう。

彼は微笑《ほほえ》み、少女の腕にそっと触れた。水に濡れてくしゃみをするキツネを抱えているからか、そのドレスの袖《そで》までじっとり湿ってしまっている。

「僕は、ノエル。君がそんなにかしこまる相手じゃないよ」

「ノエル、ですね。あの、私《わたし》は……」

言いかけたところで、少女はくしゅっとくしゃみをした。

「長居をしたら風邪を引いてしまうよ。……その子は僕が預かろう。この子は必ず無事に野に返してあげるから、君は早く家に帰りなよ」

「え、でも……」

「君が何者かなんて、関係ない。……むしろ、名乗らない方がいいかもしれないよ」

戸惑う少女の腕から小さな生き物を受け取って彼がそう言うと、彼女ははっと息を呑《の》んだ。下手に名乗れば、先ほどの少年たちからしっぺ返しを受けるかもしれない……と気付いたのだろう。勇敢なだけでなくて、聡《さと》い少女だ。

「……分かりました。何から何までありがとうございます、ノエル」

「いいんだ。さ、早く帰りなよ」

「……はい」

少女はぺこっとお辞儀をして、足早に去っていった。彼女の姿が見えなくなったところで、腕の中のキツネがくちゅっとくしゃみをする。

……つい、偽名を名乗ってしまった。

本名を明かしてもよかったのだが、公子だと告げると——彼女が離れていってしまうような、そんな気がしたのだ。

少女の名前を聞くこともなかったが、彼女が貴族なら、いずれまた会えるはず。

その時に、ゆっくり話をしよう。

部屋に戻り、彼は預かったキツネを自らきれいに洗って布で拭《ふ》いてやった後、野良ギツネの多い山に返すよう命じて騎士に小さな命を託した。

一息ついた彼はふと、ポケットに手を突っ込んだ。そこから取り出したのは、古びた指輪。夜会の前に父である大公から譲られた、大公家の証《あかし》の指輪である。彼は勉強などの邪魔になる指輪があまり好きではないのだが、夜会中は仕方ないので身につけていた。会場を抜け出た際に外して、ポケットに入れていた——のだが。

彼が指輪を嵌《は》めたとたん、かっと指輪が熱を放った。彼がぎょっとして目を見開いていると——

「こ、これは……⁉」

彼は驚き、自分の手元を見つめた。

彼の脳裏には、強い眼差《まなざ》しでキツネの子を抱える少女の姿が、はっきりと浮かんでいた——

＊　＊　＊

天気のいい日である。

「絶好の編み物日和だわ」

テレーゼは上機嫌で、足下に転がる毛糸玉の位置をそっと調節した。

今日は柔らかな日光の降り注ぐベランダにテーブルと椅子を出し、リィナと一緒に編み物に精を出していた。テーブルには色とりどりの毛糸玉が盛られた籠《かご》があり、自分たちの出番をそわそわしながら待っているかのようだ。

「お茶をお持ちしました。……それ、何個目でしょうか」

「七個目よ。お茶ありがとう」

ちょうど喉《のど》が渇いていたテレーゼはメイベルからほどよく冷まされた茶を受け取り、テーブルに広がる「作品」を手で示した。

「ふふ……さすが、ジェイドが城下町で見つけてきた特製毛糸玉！　見て！　このすばらしいたわしたちを！」

テーブルにころんころんと転がっているのは、色とりどりの丸い物体――毛糸製たわしだった。

ジェイドが非番の日にわざわざ城下町の手芸用品店や雑貨屋を巡り、テレーゼがほしがっていた毛糸を買ってきてくれたのである。

「従来の毛糸を特殊加工しているから撥水《はっすい》性がある。毛糸を染めているのは鉱物ではなく植物だから、これで食器を洗っても鉱物染め特有の匂《にお》いや色が移ることはない。おまけに型落ち品で処分寸前大安売りだったから、お財布にも優しい……なんて素敵な、私のたわし！」

「……それ、また町のバザーで売り出すのですか？」

「半分はバザーに出して、残りは私が使うわ。毛糸たわし、使い勝手がいいのよ」

侯爵家のご令嬢がたわしを編み、バザーに売り出す。テレーゼ・リトハルトは今日も通常運転である。ちなみに同席しているリィナはテレーゼが作ったお手本を前に大まじめな顔でかぎ針を動かしているが、まだ形にすらなっていなかった。彼女の足下には、よく分からない毛糸の残骸《ざんがい》が転がっている。

メイベルはやれやれとばかりに肩をすくめたが、「おやめください」など口を挟むことはなくきびすを返し――

「……あら、来客でしょうか」

「メイベル、応対お願いできる？」

「かしこまりました」

ドアがノックされる音を耳にしたメイベルが反応したので、テレーゼは振り返って指示を出した。足下で絡まってしまった毛糸を解《ほど》いていたリィナも体を起こし、首を傾《かし》げる。

「……今日は来客の予定はなかったはずです」

「うん。ジェイドも、護衛騎士の定例報告会は昼頃に終わるって言っていたから、戻ってくるまでまだ時間があるはずよね。……それよりリィナ、それ、縫い目が全然違うわ」

「……。……ご指導願えますか」

「もちろん！　まずこの段は――」

いつもはリィナから勉強を教わる側であるため、テレーゼが嬉々《きき》として身を乗り出した、直後
――

「……いいからテレーゼ・リトハルトを出しなさい！」

それまではほとんど聞こえなかった女性の声がいきなり飛んできたため、テレーゼは中腰の姿勢のまま動きを止め、さっと室内を振り返り見た。

「メイベル、何事なの？」

「それが……テレーゼ様とお話がしたいと、数名のご令嬢がいらっしゃっていまして」

困ったような顔で振り返るメイベルの言葉に、テレーゼとリィナは顔を見合わせた。

（数名のご令嬢……まさか、クラリス様？）

今は鍵《かぎ》を掛けたドア越しに応対しているが、いつまでもそのままだとメイベルが無礼者だと詰《なじ》られてしまう。かといって解錠すれば相手の入室を許してしまうし、決して若くないメイベルだと令嬢たちを留《とど》めることもできないだろう。

「私がメイベル殿に代わって応対します」

立ち上がったリィナが言ったので、テレーゼはころんとテーブルから落ちた毛糸玉を拾いつつ、教育係を見上げた。

「それは……ありがたいけれど、リィナが心配だわ。だってあの人たちはきっと、クラリス様のこしぎ――いえ、お友だちよ」

「ご安心ください。ご令嬢たちも、城内で荒事を起こそうとはなさらないでしょう。あまりに礼を欠いた行為をすれば自分たちに報いが返るというのも、ご承知のはずです。……テレーゼ様はしばし、こちらでお待ちください」

「……分かった。お願いするわ、リィナ」

渋々テレーゼはリィナの申し出を受け入れた。

（ジェイドがいれば代わりに出てもらうのに……いえ、ジェイドたちがいないからこそ、こうして

約束もなしに乗り込んでこられたのね）

護衛騎士は令嬢たちの身辺の警護係だが、同時に彼女らの行動を制限するという役割もある。彼らは令嬢のほとんどの行動に関して口出しをしないが、他者に攻撃を加えるような真似《まね》をしようとすればさすがに物申すし、定例報告会などに必ず上げられてしまう。

そんな護衛がいない今だから、誰《だれ》かに咎《とが》められることなく自由に行動できてしまうのだ。

リィナはメイベルが持っていたブラシで体に付いた毛糸のくずを払ってもらってから、ドアに向かった。鍵《かぎ》を開け、薄くドアを開いて応対に出る。

（……大丈夫かしら）

ベランダからは、リィナの後ろ姿しか見えない。彼女が落ち着いた口調で誰何《すいか》し、令嬢がいらだったように数名名乗る。こちらに届く声は切れ切れではあるが、少なくともクラリスらしき人物はいないようだ。

（ということはやっぱり、クラリス様の金魚のフ――いえいえ、ご友人の方ね）

こんな天気のいい日に突撃してくるとは、ずいぶん暇な者である。彼女らも編み物でたわしでも作ればいいのに――と思っていると。

「……うるさいわね！　みすぼらしい田舎者は引っ込んでいなさい！」

きんっと耳をつんざく甲高い声。

（……まずいわ！）

そう思ったが、テレーゼには急ぎ立ち上がる時間しか与えられず――

パン、と乾いた音が響く。

テレーゼに背中を向けていたリィナの体がわずかに傾《かし》ぎ、立派な羽根の付いた扇子を振りかざす令嬢の姿がはっきりと見えた。

何が起きたのか、想像に難くない。

「リィナ！」

かっと頭に血が上り、テレーゼは椅子《いす》を蹴飛《けと》ばしながらリィナに駆け寄った。

「大丈夫、リィナ⁉」

リィナの肩をぐっと掴《つか》み、無理矢理自分の方に顔を向かせた。思いの外リィナは抵抗せず振り返ってくれたので、テレーゼは彼女の顔をまじまじと観察し——左の頬《ほお》にほんのりと赤い痣《あざ》ができているのを見、かっと目を見開いた。

「なんてこと……！　あなたたち！　わたくしの教育係に何をしてくれたの⁉」

たまらず一喝すると、とたんに令嬢たちは及び腰になり、じりじりと廊下の端まで後退し始めた。

「わ、わたくしたちは何もっ！」

「その女が身の程知らずな振る舞いをしたのがいけないのです！」

「もしそうだとしても、手を出すなんてはしたないことだと思わないの⁉」

テレーゼの指摘にぐうの音も出ないのか、令嬢たちはそそくさと退散していった。あのパニエたっぷりの重そうなドレスと凶器に使えそうなほど高いヒールの靴で、よくもここまで俊敏に動けるものである。

「……メイベル、すぐに冷水を準備して！」

「かしこまりました」

メイベルは唇を噛《か》みしめ、頷《うなず》いた。苦い表情をしているのは、自分の代わりにリィナが令嬢たちの対応に回ったことを、心苦しく思っているからなのかもしれない。

リィナは「これくらい、放っておけば治ります」と主張したが、テレーゼの説得のち必殺泣き落としにより、渋々メイベルの手当てを受けることを承知してくれた。痛みを感じるほど冷たい水にテレーゼの手でタオルを浸し、固く絞る。

雑巾《ぞうきん》絞りなら、お手の物だ。もし「アクラウド公国雑巾絞り大会」なるものがあれば、技術点でも速度点でも高得点をたたき出せる自信がある。

「……まったく。相手が一般市民だからって暴力を振るうなんて、信じられないわ！」

ぶちぶち言いながらタオルを絞るテレーゼだが、リィナは肩を落として苦笑した。

「いえ、皆様からしたら身分を持たぬ者は、鞭打《むちう》とうが罵声《ばせい》を浴びせようが構わない存在なのでしょう。テレーゼ様の方が珍しいのですよ」

「そんなの、貴族として以前に人としてどうかと思うわ」

「……そう思ってくださる貴族の方が希有《けう》な存在なのです」

リィナはどこか遠い眼差《まなざ》しで言った後、テレーゼが絞ったタオルを頬に当てた。

「ご令嬢たちの言い分をまとめますと——どうやら皆様は、日頃《ひごろ》の行いに関してクラリス・ゲイルード公爵令嬢からお叱《しか》りを受けたようです」

「えっ、叱られたの？」

「そのようですね」

リィナの言葉を受け、テレーゼは先日図書館でクラリスと遭遇した際のやり取りを思い出す。

太后主催の音楽会の後、クラリスの取り巻きたちがリィナに詰め寄り、賞を辞退するよう脅してきた。それはてっきりクラリスの指図だと思ったのだが、事実を聞いたクラリスはたいそう驚いていた。

（そして、怒ってらっしゃるようだったわ）

さらに数日後、中庭散策中に発生した強制茶会イベント。あのときのクラリスは取り巻きたちに褒められても、どことなくおもしろくなさそうな顔をしていたのが印象的だったのを思い出す。

（もしかしてあれは、クラリス様に叱られた皆がクラリス様のご機嫌を取ろうとしていたからだったのかしら……？）

そしてそんな見え見えのご機嫌伺いをする取り巻きたちに飽き飽きしていて、あんなに不機嫌だったのではないか。

マリエッタ・コートベイル伯爵令嬢の作法ミスをあげつらった際も、クラリスは落ち着いた様子でその場を収めてしまった。クラリスの関心を引きたい令嬢たちからすれば、おもしろくないことばかりだったのだろう。

（だからといって私《わたし》に八つ当たりするのはどうなの⁉　しかもこっちには、負傷者が出ているのよ！）

ふんっ、と鼻息荒く、テレーゼは自分の胸を叩《たた》いた。

「大丈夫よ、リィナ。令嬢たちの顔はばっちり覚えているわ。ジェイドが帰ってきたら、さっきのことを報告しましょう」

「……僭越《せんえつ》ながら、テレーゼ様。ご令嬢の皆様がいらっしゃったことはともかく、リィナ様が怪我をされたことは伏せておくべきかと」

打ち身に効く薬を出していたメイベルがおもむろに口を挟んだため、テレーゼはむっと唇を尖《とが》らせて侍女を振り返り見た。

「どうして？　悪いことは悪いと報告しなければならないわ。このまま放っておけば、他の人まで同じような思いをするかもしれないもの」

「しかし、リィナ様の怪我を報告するにはあまりにも危険が大きすぎます。なにしろ、多勢に無勢。こちらの立場を証言できるのは、テレーゼ様とわたくしだけです。言い訳をされてしまえば、こちらが不利になりかねません。そして報告したことによってかえって、テレーゼ様の印象を悪くすることにも繋《つな》がる可能性が高いのです」

「そんな……」

ちらっとリィナを見やる。黙って顔にタオルを当てていたリィナはタオルの位置をずらし、ゆっくりと頷いた。

「メイベル殿のおっしゃるとおりです。今後テレーゼ様は女官として王城仕えをなさりたいのでしょう？　でしたら、ご自分の点数を下げるような行動をわざわざなさる必要はないのですよ。……

怪我をしたのがわたくしでよかった。そういうことにしておきましょうね」

メイベルの提案に迷った様子はないことから、彼女は最初から自分の怪我がもみ消されてしまうことを予想していたのだろう。そして「怪我をしたのがわたくしでよかった」というのはつまり、彼女は最初から、令嬢たちの応対をすることで何らかの攻撃を受けることも覚悟していたのだ。

中年で怪我の治りも遅いメイベルや令嬢であるテレーゼが負傷するよりは、自分の方がましだろう――と。

だが、テレーゼは「あらそうなのね」と素直に受け取ることはできなかった。

(……理不尽だわ)

真実を告げたとしても、令嬢たちに言いがかりを付けられるかもしれない。下手に動けば、テレーゼの人生計画にマイナス点を付けることにもなりかねない。そしてテレーゼだけでなく、リィナやメイベル、ジェイドたちにまで迷惑を掛けてしまう可能性もある。

(でも、真実を真実と言えないなんて、おかしいわ)

そして、そんな理不尽な世の中に胸を張って異を唱えられない自分が――情けなく、ふがいなかった。

リィナが怪我をした案件は、三人で話し合った末、ジェイドにだけは報告することにした。

定例報告会から帰ってきて話を聞いたジェイドは案の定渋い顔をし、眉間《みけん》に深い縦皺《たてじわ》を刻んだ。

「……実は、騎士団でも様々な報告が上がっております。護衛騎士は侍女や教育係、付添人と違ってあくまでも国に仕えているので、令嬢たちの事情がどうであろうと事実を報告する義務があるのです」

「えっ……それじゃあ、リィナのことも言ってしまうの？」

「いえ、護衛対象である令嬢の同意なしに報告すべきなのは、令嬢に非がある――加害者である場合のみです。女性同士の諍《いさか》いは場合によっては、全体への報告をすることでかえって被害者である令嬢のお心を傷つけてしまうこともあります。今回の場合、テレーゼ様もリィナ殿も被害者になります。よってお二人が報告をご希望されないのでしたら、私の中だけで留《とど》めておきます。……もちろん、場合によっては報告せねばならないということだけは、ご了承ください」

「……ですって。いいわよね、リィナ？」

「はい。ご配慮に感謝します」

ぺこっと頭を下げたリィナは今、頭からベールのようなものを被《かぶ》っていた。扇子でひっぱたかれた頬はすぐさま冷やしたのだが、時間差でじわじわと腫《は》れてきたのだ。

令嬢の腕力なんてたいしたことないはずなのに――と思ったが、リィナ曰《いわ》く殴られた時に何か硬いものがぶつかった感覚があったという。きっと運悪く、扇子の骨の部分が当たってしまったのだろう。

そういうわけで、テレーゼやメイベルはともかく、男性であるジェイドの前に腫れた頬を引っさげて出るのははばかられたので、テレーゼの私物である安物のベールを貸すことにしたのだった。

（ジェイドやリィナはああ言っていたけれど……悪いことを悪い、と言えないなんて理不尽よね）

とはいえ、教育係に傷を負わせてしまったというのは、テレーゼの落ち度だ。

（まずは今回のようなミスを二度と起こさないよう、私自身も気を付けないといけないわ）

自分のためだけではない。

自分に付いてきてくれる、優しい人たちのためにも。


どことなく浮かない顔のテレーゼだったが、メイベルに好物の果実紅茶を淹《い》れてもらうと少しだけ表情が明るくなった。勉強道具を抱えたリィナにも手招きして隣に座らせ、一緒に茶を飲む姿は──令嬢と教育係というより、姉妹のようだ。ただし、リィナが姉、テレーゼが妹だが。

そんな女性陣を見守るジェイドはふと、部屋のドアがほんのわずか開いていることに気付いた。最後に出入りしたのは自分だが、ちゃんとドアは閉めたはず。

和やかにお茶をしている女性陣を心配させぬよう、ジェイドは自然な動作でドアに向かい、そっと開いて廊下を見渡した。

──その時、廊下の角をクリーム色の布地がひらめく。

「……どうしたの、ジェイド？」

テレーゼに呼ばれ、ジェイドは室内に引っ込む。

「いえ、誰かが通りかかったような気がしただけです」

彼は柔らかく微笑《ほほえ》み、何事もなかったかのようにドアを閉めた。

＊　＊　＊

令嬢たちに襲撃された翌日。

テレーゼは折っていた。

「……んふふふ。これで向こう十数日は、ゴミ箱に困らないわ！」

テレーゼは紙を折っていた。

簡単に言うと、折り紙をしていた。

テーブルには、五角形に折られた紙が積まれている。それらはテレーゼが勉強する時に計算や暗記に使った紙のなれの果てで、本来ならば用が済んだらポイされる運命の彼らは今、テレーゼの手により生まれ変わり、新たな任務を託されていた。

「さっすが、お城で支給される紙……少々なら耐水機能もあるなんて、なんて優秀なの！」

「本来なら、大切な書類が雨に濡《ぬ》れても大丈夫なように耐水加工をしているのですけれどね」

冷静な突っ込みを入れるリィナだが、手はちゃんと動いてテレーゼと同じように紙を折っている。

ちなみに何度同じものを作っても、彼女の作品はいつもどこかいびつだった。

「いいじゃないの。これも節約術よ」

テレーゼは自信満々に言い、作品のひとつを広げた。最初は不思議な五角形だった折り紙は、広げるとほぼ立方体の紙箱に変身する。

「二枚重ねで折っているから、強度もばっちり。これをテーブルに置いておけば、作業や食事の際に出たゴミをいちいちゴミ箱まで持って行かなくて済むの。ある程度溜《た》まってゴミ箱にぽいっとすれば、ばっちり！」

「普通のご令嬢であれば、ゴミを自らゴミ箱まで持って行くようなことはなさらないかと」

「私《わたし》は普通じゃないからいいの」

「確かに」

リィナは真面目な顔で頷《うなず》いた。たいへん物分かりのいい教育係である。

そんなリィナの左頬《ほお》には大きめのガーゼが貼られている。昨日令嬢にひっぱたかれた痣《あざ》は今朝になって気味の悪い紫色になったようで、「見栄《みば》えが悪いから」ということでガーゼで隠すことにしたらしい。

教育係の痛ましい姿に思わずテレーゼも顔をゆがめてしまったが、リィナは「テレーゼ様やメイベル殿でなくて、本当によかったです」と笑い飛ばしていた。

「作業中失礼します。テレーゼ様にお客様です」

メイベルに呼ばれ、テレーゼとリィナは思わず顔を見合わせてしまった。

（……まさか、昨日の今日で――？）

だが二人の心の声を察したようで、メイベルは緩く微笑《ほほえ》んで首を横に振った。

「本日のお客様は、マリエッタ・コートベイル伯爵令嬢です。護衛騎士もお連れですので、お通ししてもよろしいのではないかと」

マリエッタ、の名に首を傾《かし》げたのも一瞬のこと。

（……ああ、そういえば前に強制参加させられたお茶会に、おとなしそうな伯爵令嬢がいらっしゃったわね）

皆の前でテーブルマナーに失敗してしまい、糾弾された令嬢。顔は思い出せないが、全体的に地味な装いの中で、髪を飾っているべっ甲細工のバレッタが際立って立派だったのが印象的だった。

マリエッタに悪い印象はないし、護衛騎士も同伴しているというのならば中に通しても大丈夫だろう。

「分かったわ。ジェイド、マリエッタ様をお通しして。メイベルは私の身支度の後、お茶の準備を。リィナはこっちの片づけをお願い」

「かしこまりました」

三人がそれぞれ的確に行動してくれたおかげで、テレーゼはそれほどマリエッタを待たせることなく仕度をすることができた。

「お待たせしました、マリエッタ様」

化粧部屋から応接間に移動したテレーゼは、ソファに座っていたマリエッタの前で優雅に膝《ひざ》を折ってお辞儀をする。

「本日は、わたくしのような変わり者の部屋までお越しくださり、ありがとうございます」

「い、いえ。こちらこそ、いきなり押しかけて、申し訳ありません」

とたん、跳ねるように立ち上がったマリエッタは、舌も絡まりそうな勢いで挨拶《あいさつ》を返してくれた。

今日の彼女はライムグリーンのドレス姿で、以前と同じべっ甲のバレッタで髪をまとめている。テレーゼを前に緊張しているからなのかもともと臆病《おくびょう》な性格だからなのか、顔面真っ青でぶるぶる震えていた。

ここまで怯《おび》えられると、自分は何も悪いことをしていないのに弱い者いじめをしているような気になり、こちらも落ち着かない。

「あの、先日助けてくださったお礼をテレーゼ様にまだ申し上げていないと気付きまして……申し訳ありません」

「ああ、そういうことでしたか」

テレーゼは微笑み、お茶を一口飲んだ。メイベルの淹《い》れてくれたお茶は今日もおいしい。ただ、今は来客対応中のため普段より高価な茶葉を使ってくれている。それでもどうしてもケチってしまい、がぶがぶ飲もうという気にはなれなかった。

「お気になさらず。あれはわたくしが思ったままに行動しただけのこと。マリエッタ様がどうのということはございませんよ」

「し、しかしわたくしが貴族の娘にあるまじき失態を犯さなければ、テレーゼ様がクラリス・ゲイルード様たちと対立なさることもなかったのに……申し訳ありません」

息を吐くように「申し訳ありません」を口にする令嬢である。

（というか……私、ご令嬢たちと対立していたのね）

テレーゼにとってはそこが一番びっくりである。

確かに、先日部屋に突撃されたこともあり、大半の令嬢からは鬱陶《うっとう》しがられていると思っている。

(でも、ラスボス——クラリス様からは、それほど敵対心を向けられているわけでもなかったと思うけれど)

クラリスは、物言いこそ高慢でゴミ虫でも見るかのような目で人を見てくるが、彼女なりに通すべき筋があるようだし、取り巻きたちの過ぎた行いに不快を表すという面も持っている。

令嬢たちがテレーゼに難癖を付けてきたのもクラリスの寵愛《ちょうあい》を受けられなかった八つ当たりで、クラリス本人から明確な嫌悪を向けられているとは思っていなかった。

(でも、マリエッタ様の言うことが本当なら、私も用心しなければね)

先日のように、信頼する教育係を傷つけられたというのに泣き寝入りするなんて、もう二度としたくないのだから。

「マリエッタ様のおっしゃることは分かりました。わたくしとて目標があるため、志半ばに城を離れるわけにはいきません。今後用心いたしますね」

「……あの、テレーゼ様もやはり、大公妃を志してらっしゃるのでしょうか」

そう問うてくるマリエッタの眼差《まなざ》しは、「志しているのですよね?」ではなく、「まさか志しているとでも言うのですか?」と語っていた。彼女にも、大公妃候補にあるまじきテレーゼの奇行は筒抜けなのかもしれない。

テレーゼはマリエッタにも茶と菓子を勧めた後、微笑んだ。

「とんでもないです。わたくしに大公妃なんて、荷が重すぎます」

「で、ではなぜ公城にいらっしゃるのですか？」

「大公妃になれなかった場合、妃《きさき》候補が女官などに登用されることがあるそうです。わたくしはどちらかというと、そちらに重きを置いて考えております」

マリエッタはもちろん、他《ほか》の令嬢たちだって、テレーゼが明らかに大公妃になるつもりがないというのは分かっているだろう。

「最初から大公妃になる気がない」と言えば顰蹙《ひんしゅく》を買うかもしれないが、「なれなかった場合のことを先に考えている」であれば納得してもらえるだろう。

胸を張って自分の目標や現在の取り組み内容などを述べるテレーゼを、マリエッタは目を見開いて見つめてくる。だがやがて彼女は目線を落とし、どこか寂しそうにふふっと笑った。

「そう……ですか。テレーゼ様は、すごいですね」

「もちろんよ！　豆の皮むき・筋取りならお城の料理人にも負けない自信があるわ！」

「あ、いえ、そちらではなく……いえ、そちらも十分すごいのですが……目標を持ち、それに向かって邁進《まいしん》できるテレーゼ様が、すごいのです」

マリエッタは茶菓子をかじり、あまり肉の付いていない薄い肩を落とした。

「わたくしもテレーゼ様と同じく、大公妃になるつもりがないのです。でも、それはテレーゼ様のように他にやりたいことがあるからではなく、自分ではとてもとても、他のご令嬢と同じ舞台に立つことすら叶《かな》わないと分かっているからなのです」

分かっているからこそ、使者が実家を訪問した時には驚いたのだという。

「……お城からいらっしゃった使者の方から、わたくしが大公閣下の花嫁候補になったと聞いて……お父様はとても喜ばれました。そして、なんとしてでも大公閣下のご寵愛を得て妃になれと、わたくしを送り出したのです」

「……マリエッタ様のご意志ではなかったのですね」

「はい。わたくしは地味で目立たず、テーブルマナーもまともにできない鈍くさい娘です。ですからこのまま波風立てず一ヶ月を乗り切りたい――でも、何も収穫を得られなかったらお父様からお叱《しか》りを受ける――そう思うと、どうすればいいのか自分でも分からなくなってしまって」

それは、相当辛《つら》いことだろう。

テレーゼは親と、「就職先を確保してこい」「御意」のようなやり取りをしており、自分の意志と目標を持って公城を訪れた。

だがそんなテレーゼと違って、己の意志を一切考慮されず事を進められたマリエッタの場合、大公妃に射止められなければ絶望しか待っていない。そして自分にそんな力量がないと分かっているからこそ、彼女の心労は募るばかりなのだろう。

(私で何かしてあげられればいいのだけど……)

テレーゼは考える。

テレーゼにできることといえば、雑巾《ぞうきん》絞り、エコ紙箱作り、毛糸たわし作り、豆の皮むき、そして端切れによるパッチワーク制作。

自分の能力を卑下するつもりはないが、マリエッタを励ますような要素はないのだと、テレーゼは悟ったのだった。

「……すみません、何かお力になれたらよかったのですが」

「いえいえ！　テレーゼ様にそう言っていただけるだけで十分です！……その、こうして突然お邪魔しても邪険にせず、こんなにおいしいお菓子まで出してくださり……それだけで、わたくしは嬉《うれ》しいのです」

そう言ってマリエッタが茶菓子を褒めてくれるが実は、あの茶菓子とテレーゼの皿に載っているものは、見た目こそそっくりだが値段がまったく違う。

来客用にメイベルが買ってくれていたマリエッタ用の菓子は、一缶十枚入りで五十ペイル。一方テレーゼの方は、お徳用値引き価格・三十枚入りで一袋八ペイルである。バターをケチっているので口当たりはぱさぱさ、そのくせかなり硬いのだが、見た目は高級品と遜色《そんしょく》ない上、十分おいしい。

テレーゼはあたかも、「一枚あたり五ペイル」の菓子を食べ慣れている淑女であるかのように、上品に微笑んだ。

「お口にあったようで何よりです」

「……あの、テレーゼ様。わたくし、テレーゼ様ならすばらしい大公妃になれると思うのです」

マリエッタ嬢、ご乱心である。

瞬時にその場の空気が固まったが、嬉しそうに微笑むマリエッタは気にならないようでそのまま言葉を続ける。

「わたくしのような端者《はしたもの》にも温情を掛けてくださり、自分より身分が上の者に対しても物怖《ものお》じせず進言する。そして、こんなにお美しいお方ですもの。きっと大公閣下も、テレーゼ様の魅力に気付かれるはずですわ」

「……えー、あ、いや、それはちょっと困るっていうか――」

「まあ、謙遜《けんそん》なさるなんて本当に謙虚なお方ですわ。わたくし、もしテレーゼ様が大公妃になられたら、我がことのように嬉《うれ》しいです。そうなったら……嫌々公城に来たのにも意味があったと、そう思えるはずです」

「……」

テレーゼは想像する。

きらきら輝かしい大公様。

彼の隣に立つ大公妃は、値引き商品を求めて商店を梯子《はしご》し、わけありお買い得茶菓子で十分舌が満足し、馬のお産を手伝い、枕の下に隠しているお手製の帳簿を夜な夜な眺めてはニヤニヤ笑う女――その名も、テレーゼ・リトハルト。

アクラウド公国の落日は、間近まで迫っている。

(絶対、あり得ないわ)

一人ではしゃいで目を輝かせるマリエッタの純粋な心を邪魔してはならないと、テレーゼは無理に微笑《ほほえ》みを浮かべながらも、冷静に考えるのだった。

5章　令嬢、なんだか嫌な予感がする

「……それでは明日、ここまでの内容のテストを行います。しっかり復習しておくように」

とんとん、と資料をまとめたリィナの言葉に、必死で単語の書き取りをしていたテレーゼは思わず、「うえっ、テストぉ……」と声を上げてしまった。

「テレーゼ様、そこはせめて淑女らしく、『まあ』などの声にしてください」

「うっ……了解です、先生。……まあ、テストですのね。わたくし、頑張りますね」

「よろしい」

テレーゼは素直に言い直した後、字でびっしりのお手製ノートを目の高さに持ち上げてしげしげと眺めた。アクラウド公国の歴史、近隣諸国との関わり、王族の婚姻事情などが記されたノートは追加でページを入れられるよう紐綴《ひもと》じにしているため、今ではかなりの厚さになっていた。

最初のうちはノートを取るのも雑だったが、リィナやジェイドに学習内容のまとめ方のコツを教わり、今では我ながら見やすいノートになったと思う。

「お勉強は順調ですか、テレーゼ様」

これから官僚の仕事をするというリィナを見送りノートをぱらぱら見ていると、背後からひょっこりとジェイドが顔を覗《のぞ》かせた。

テレーゼは喉《のど》を反らして護衛騎士を見上げ、ふふっと笑う。

「ええ。……ほら、見て！　こんなにきれいなノート！」

「確かに。最初の頃《ころ》と比べると、ずいぶん整然としたようですね」

「ジェイドたちのおかげよ」

官僚になるべく勉強をしたリィナは言わずもがなだが、ジェイドもなかなか勉強家で、とりわけ地理や歴史、幾何学の問題に関してはリィナを唸《うな》らせるほどの才能を見せたのだ。

「私《わたし》、官僚や側近の登用試験と違って、騎士の試験ではそれほど筆記は重視されないって聞いたんだけど」

「それはあくまでも、官僚たちと比べれば、という意味ですね。肉体労働が基本といっても、読み書き計算のまったくできない者では話になりません。一昔前ならいざ知らず――ああ、ちょうどいいですね。テレーゼ様、現在のアクラウド公国の識字率はどれほどでしょうか？」

「えっ？」

不意打ち質問に目を瞬かせ、反射的に手元のノートを見てしまう。だがジェイドの大きな手が素早く差し込まれ、「何も見ずに答えてくださいね」と、柔らかくも容赦ない言葉を受けてしまったので、テレーゼは迷いつつも言葉を紡ぐ。

「……えーっと。識字率は地域によって差が大きく、農村部では一割未満。いわゆる『町』と呼ばれる地域は、十年ほど前の法改正以降幼年学校の設置が義務づけられたため、二十代以下の者はほぼ全員読み書きができますが、それ以上の年代だと半分程度に落ちます。公都はもっと昔から幼年学校があるため、一般市民貴族共に最低限の読み書きはできます」

ノートを見ることなくなんとか答えられた。

突然の口頭試問にテレーゼがヒヤヒヤしていると、ジェイドは目尻《めじり》を緩めてふっと微笑んだ。

「そのとおりです。そういうわけで、騎士団の者はほとんどが幼年学校卒業が最終学歴です。もちろん私もですが、『昇格したいなら少しは学も身につけておけ』との両親の助言を受け、個人的に勉強することにしました。テレーゼ様にもお教えしたノートの取り方は、父から教わったのですよ」

「へえ！　自主的に勉強するなんて、すごいじゃない！」

「すごいのは、不意打ちの質問にも動じることなくちゃんと学習内容を答えられたテレーゼ様ですよ。……これなら、リィナ殿による明日のテストも大丈夫でしょうね」

そう言って満足そうに頷《うなず》かれ、テレーゼは気付いた。

（……ああ、そっか。テストと聞いて緊張してしまった私のために、復習する機会を与えてくれたのね）

テレーゼの目標を肯定してくれるジェイド。

男性の護衛である彼はリィナのように、テレーゼの隣に座ったり触れあったりすることはできない。だが彼は離れたところからテレーゼの勉強風景を見守り、困った時にはさりげなく手を貸してくれ、公城内を練り歩くテレーゼに文句ひとつ言わず付き合ってくれる。

（私ってつくづく、周囲の人間に恵まれているわね）

家族にしても領民にしても使用人にしても、城で出会った気の置けない間柄の者たちにしても。温かい人たちに囲まれているというのは、金のあるなしよりずっと大切なことなのではないだろうか。

「……テレーゼ様、お話し中のところ申し訳ありません」

急《せ》いた足取りでメイベルがやってきた。いつもテレーゼに対して「もうちょっと淑《しと》やかに歩いてくださいまし」と口を酸っぱくして言ってくる彼女らしくもない様子だ。

「ただ今、大公様の使者がいらっしゃいました」

「あら、何かご用かしら」

「それが……大公様が抜き打ちで妃《きさき》候補たちの部屋を訪ねて回っておいでのようで、もう間もなくこちらまでいらっしゃるとのことなのです！」

ノートを捲《めく》っていたテレーゼの手が止まる。

そのまま、沈黙が流れること数秒。

「……え、ちょっと、それってまさか、大公様が私の部屋に来るってこと？」

「そのとおりです！」

「ああ、そういえば閣下が、午後から自由時間を取れるよう公務の時間を調整する、とおっしゃってましたね」

「そういうことだったのですね」と、傍らでジェイドがのほほんと言っている。だが、テレーゼはのほほんとしていられない。

（ここに……いらっしゃるですって⁉）

テレーゼは弾《はじ》かれたように顔を上げ、自分がくつろいでいた応接間を見回す。

テーブルには勉強用の本がたんと積まれており、筆記用具は散らばったまま。ついさっきまで書き物をしていたので、インクの独特の匂《にお》いが充満している。

さらに、今の自分は勉強しやすいよう、簡素な出《い》で立《た》ちをしている。ローズブロンドの髪はぎゅぎゅっと雑にまとめているだけで、着ている服なんて洗いざらしのため布地はくたくた、腹部を圧迫するコルセットも着けていない。

こんな部屋、こんなテレーゼを見たら、大公は何と言うだろうか？

『これでは、私の妃にはなれないな』

（全然ましだわ。……いえ、もしかして――）

『こんな汚い部屋でも平然としている女を、女官にすることはできない』

（いやぁぁぁ！　それだけは絶対だめぇぇぇぇ！）

城から摘《つま》み出されるだけならまだしも、就職への道を断たれてしまったら、テレーゼがこの城に来た意味がほとんどなくなる。

そしてさらに、「リトハルト侯爵家の娘は、くたくたドレス姿で大公を出迎える」と噂《うわさ》になって、侯爵家の評判まで落とすことになったら……？

（そんなの絶対にだめ！　お父様もお祖父《じい》様も、金欠で三食もやし炒《いた》めになろうと、侯爵家の名を汚すことだけはしてはならないとおっしゃっているのに！）

「金はないけど、矜持《きょうじ》はある人たち」がリトハルト侯爵家が唯一誇れることでもある。となれば、こんな貧相な姿、散らかった部屋を大公にお見せし、幻滅されるわけにはいかないのだ。

「メイベル！　すぐさま仕度をお願い！　ジェイドは……ごめんなさい、護衛騎士にこんなことを言うのはおかしいと分かっているけれど、部屋の片づけを頼むわ！」

「かしこまりました」

ジェイドは落ち着いた表情のまま快諾してくれた。

「片づけが終わりましたら、テレーゼ様の仕度が終わるまで大公閣下のお越しまでの時間を稼ぐよう努力してみますね」

「そんなことまでしてくれるの!?　あなたは最高よ、ジェイド！」

裏返った声で護衛騎士を賞賛するテレーゼは、メイベルによってずるずると衣装部屋に引きずられていった。

テレーゼの三倍近い年齢で折れそうなほどに細い腕を持っているのに、どうしたらこれほどの腕力を発揮できるのだろうかと思うほどの引きずりっぷりであった。

メイベル渾身《こんしん》の神速メイクとジェイドの掃除ならびに足止め作戦により、テレーゼはなんとか短時間で己と部屋の体裁を整え、大公を迎えることができた。

「ようこそお越しくださいました、大公様」

柔らかなコーラルピンクのドレスを纏《まと》ったテレーゼはお辞儀をし、応接間のソファに座る若き大公の顔を慎《つつ》ましく見上げた。

彼と会うのは人生で二度目。前回は遠目に見やるだけだった大公国の君主は今、ボールを投げれば当たりそうな位置に立っている。

テレーゼのそれよりも色が濃い金髪はふわりとした癖があり、理知的で――それでいてどこか狡《こう》猾《かつ》ささえ窺《うかが》える青い目は、テレーゼの胸の内を見透かそうとしているかのように軽く細められている。

騎士ではないため、同じ年頃でもジェイドより体の線が細く、全体的にすらりとしている。床を引きずるくらい長いマントの裾《すそ》と襟元には、ふわふわのファーが付いている。あれは何の動物の毛だろうか。リトハルト領内にも野生動物は数多く生息しているが、あんなに立派な毛皮を持つ動物は見たことがない。ちなみにテレーゼは、抱き上げて温かい生き物であれば何でも大好きだ。

レオン・アクラウド大公はテレーゼの挨拶《あいさつ》を受けて鷹揚《おうよう》に頷き、「座りなさい」と立ったままのテレーゼに着席を促す。ここはテレーゼの客間だが公城内、しかも相手は大公であるため、テレーゼの行動に許可を下すのは大公の方だ。

「突然の訪問、驚かせてしまったかもしれない。少し、そなたと話がしたくなって参ったのだ」

「わたくしと……でございますか」

慎ましく答えつつも、内心では心臓がばくばく鳴り響いていた。

(私と話をって……何について？　エコたわしの作り方？　紙箱の折り方？)

彼には是非ともテレーゼ流節約術をお教えしたいところだが、たぶん今はそういう話をしに来たのではないだろうと分かっていたので、テレーゼは何も言わず大公の言葉を待った。

彼は侍従の毒味の後に、メイベルが淹《い》れた茶——以前マリエッタに出したものよりさらに格上の、秘蔵の品だ——を飲み、脚を組んだ。する人が違えばだらしないと思われるような姿勢だが、美貌《びぼう》の大公が白のスラックスで包まれた長い脚を組む姿はなんとも様になる。

「そなたたちが公城に来て、早二十日——規定期間も折り返し地点に到達した。妃候補《きさき》たちが普段どのような生活を送っているのかは、護衛騎士たちからも聞いているのだが……本人の口からも、意見を聞きたくてな」

大公は落ち着いた様子で言う。言うのだが——

テレーゼは愕然《がくぜん》とした。

(どうしよう……私《わたし》、大公様に胸を張って報告できることがないわ！)

他《ほか》の令嬢は、お茶会とか編み物とか詩集を読むとかダンスの練習をするとか、妃になるにふさわしいスキルを身につけるべく日々自分磨きをしている。たまに突撃してくる者やあれこれ言ってくる者もいるが——それはまあいいとして、彼女らには大公に報告できるだけの十分な「材料」があるのだ。

一方テレーゼが普段していることといったら、節約アイテム作りに公城探検、女官になるための勉強である。

メイベルやジェイド、リィナたちはテレーゼの目標を受け入れ応援してくれているが、それは彼らがテレーゼ側の人間だから。最初から自分の嫁になる気のない女がうろちょろしていると知れば、大公は何と言うだろうか。

(かといって、嘘《うそ》をつきたくはないわ)

女官を目指しているというのは今は隠しておくべきかもしれないが、嘘をつけばこの場は乗り切れるだろうが――それは、テレーゼが己の信念を自分自身で挫《くじ》くことになってしまうのだから。

(落ち着いて。嘘をつくわけにはいかないけれど、真実全《すべ》てを申し上げなければならないわけじゃないわ)

数度深呼吸し、頭の中で考えをまとめる。

とりあえず無難に受け答えをすればいいだろう。

(よし、多少のはったりは利かせないとね!)

と、決意したのはいいのだが。

「ああ、ちなみにそなたは日頃《ひごろ》、そこにいる護衛のジェイド・コリックを連れてあちこち歩き回っているそうだな」

「へ?」

テレーゼが何か言うより早く大公が告げた言葉に、積み上げたばかりのテレーゼの虚勢がガラガラと音を立てて崩れ去ってゆく。

動きを止めたテレーゼには構わず、大公は腕を組んで何かを思い出すかのような遠い眼差《まなざ》しで続けた。

「騎士団詰め所に、馬小屋に、厨房《ちゅうぼう》。……ああ、それから、父上の代に封鎖した隠し扉の位置まで探り当てたそうだな。そなたの行動力には驚かされている」

ゆっくり、テレーゼは視線を横にずらした。そこにいるのは、自分の護衛騎士。

『ジェイドが、ばらしたの？』

彼はテレーゼの視線を受け、目を伏せる。そして、テレーゼにしか分からないくらい微《かす》かな動作で首を横に振った。

『違います。普通に他の者に見られたのでしょう』

『まったくもってそのとおりだわ！』

ジェイドと視線だけで会話をした後、テレーゼは手に持っていた扇子を広げ、引きつりそうになる口元を隠した。

「ま、まあ。大公様もご存じだったのですね」

「ああ。あとは……そうだな。十日ほど前の茶会では、なかなかよい対応をしたそうではないか。内に籠《こ》もってばかりの娘だと思っていたが、肝は据わっているようだな」

大公が指摘しているのは、クラリス様ファンクラブに拉致《らち》されて参加したお茶会のことだろう。あのときテレーゼは、テーブルマナーで失態を犯したマリエッタをかばい、自分なりの方法でその場をまとめたのだった。

（……そっか。ジェイドが何も言わなくても、周りにはたくさんの目がある。お茶会には騎士や侍女もいたから、報告が上がってもおかしくないわよね）

自室で勉強していることやエコグッズ作りはともかく、あちこち歩き回っていることに関しては ジェイド一人に口止めをしても仕方ない。

年貢の納め時――という言葉が脳裏に浮かんだ。

領民たちからは毎年、畑で採れたなけなしの農作物を税のひとつとして受け取っている。そろそろテレーゼも、年貢を受け取る側ではなく払う側になるべきなのかもしれない。

大公はテレーゼがずんっと落ち込んでいるのに気付いたようだ。彼は小首を傾《かし》げ、メイベルが差し出してきた茶菓子――親指の爪《つめ》ほどの大きさの砂糖菓子だが、一粒十ペイルくらいする――を味わった後、口を開く。

「……ひとつ言っておくが」

「ハイ」

「私としては、そなたたちが公城でどのように過ごそうと口を挟むつもりはない。……二十日前、私が皆の前でどのような話をしたか、覚えているか?」

「え?……えーっと……自己研鑽《けんさん》に努めろとか、ゆるりと過ごせばよいとか、ですか?」

「覚えているではないか。そなたたちは自己研鑽――己を磨くために行動し、趣味や勉学に興じればよい。交流会を設けることや刺繍《ししゅう》の腕前を磨くこともももちろんすばらしいが、馬小屋に行ったからこそ学べることもあるのかもしれない。……ああ、ちなみにそなたが出産を手伝ったという子馬だが、母馬と共に元気に過ごしているようだぞ」

「は、はひ……」

舌を噛《か》んだ。痛い。

大公は穏やかな眼差しになり、ふっと小さく笑った。

「どのような形、どのような過程であろうと、そなたらがこの一ヶ月間で身につけたものを、今後のアクラウド公国のために活《い》かしてくれるのならば何も言うことはない」

「……わたくし自身にそのような力はございません。ただ、実家を助けるためにわたくしにできることをしたい——その程度でございます」

「そうか？　そなたはまめに図書館に通って勉強をしていると聞いている。司書からも、そなたは歴史書や地理学図鑑、科学書籍などをよく借りていると聞いているのだが」

やはり、ジェイドたちが報告を上げずともテレーゼの行動は筒抜けなのである。

どことなく探るような大公の眼差しに負け、テレーゼは口の端を引きつらせつつ頷《うなず》いた。

「……仰せのとおりです。わたくしは、その……大公妃に選ばれなかったとしても、実家を助けられるように女官の職に就きたいと考えています。公城の図書館には資料も豊富にございますし、今は女性官僚を教育係として教えを請うております」

マリエッタの時と同じく、「大公妃になれなかった場合のことを考えております」という方針で告白する。若干真実と外れているが嘘をついているわけでもないので、これくらいは許容範囲だろう。

「……なるほど、女官になって仕事をするというのか。先を見通して行動するというのはよいことだ。今後も我が公城の書庫や人材を大いに活用するといい」

「大公様のご厚意に感謝いたします」

なんだかいいように解釈されてしまい申し訳ない気がするが、後には退《ひ》けない。

大公はそこでふと、憂いの籠もった眼差しをテレーゼに向けてきた。

「そなたの祖父の代から、リトハルト領は不作が続いている。……国からの支援では、どうにもならない状況なのか？」

「……いつも我が侯爵家にご支援をくださり、ありがとうございます。いただいた資金は全て、領民の生活費や土木作業費などに充てております。おかげさまで祖父の代に比べれば、領民の生活はかなり楽になったと言われております」

「……自身の生活より領民の生活を優先する、か。それがそなたの家系の信念なのだな」

大公は大きく頷き、少しだけ柔らかい眼差しを向けてきた。

「話を聞いて、分かった。そなたは賢く、家族思いのよい娘だ」

「あ、ありがたき幸せでございます。もったいないお言葉です」

「謙遜《けんそん》せずともよい。……残すところ二十日といったところだが、これからもそなたの活躍を期待している」

そう言い、大公は立ち上がった。お帰りのようだ。

周りの護衛たちが動き出す中、いったんテレーゼに背を向けた大公は立ち止まり、上半身だけ振り返った。

「時に……先ほどそなたは、女性官僚を教育係にしていると申したな」

「あ、はい。官僚のリィナ・ベルチェを付添人兼教育係に選びました」

「その者は今、ここにはいないのだな」

「はい。官僚の仕事をしに行っておりますが……呼びましょうか？」

「いや、いい。仕事の邪魔をするわけにはいかん。……心強い味方がいるなら、そなたもやっていけるだろう。四人で協力するのだぞ、テレーゼ・リトハルト」

そうして笑った大公の目には、最初この部屋で対面した時のような鋭さはなく、おもしろがるような、期待するような光が宿っていた。

＊　＊　＊

大公と話をしたその日、テレーゼは一日寝込んだ。

「メイベル、私気付いたの。私は、『とても偉い人が近くに来ると体調を崩す病』なのよ」

「そのような病気があることを、このメイベルは五十年以上生きてきて初めて知りました」

「そりゃそうよ。私がこの世界で最初の罹患者《りかん》なのだから」

ふふん、と胸を張るテレーゼだが、昨日の昼からベッドとお友だち状態だ。

昨日、不意打ち訪問をしてきた大公をなんとか接待できたのはよかったが、昼食を食べた後くらいから具合が悪くなり、半日寝込んでしまったのだ。今朝になったらだいぶ調子はよくなったが、念のためということで昼までは安静にすることにした。

昨夜、城仕えの医師に診察を頼んだのだが、「慣れないことをして体がどっと疲れたのでしょう」と診断され、安眠効果のあるハーブを練り込んだ茶葉だけ渡された。これといった病名を付けられなかったので、せっかくだからテレーゼが自分で命名したのである。

「私としたことが、うかつだったわ。自分でも、あんなに疲労していることに気付かなかったなんて……」

「テレーゼ様は昔から健康で頑丈ですが、どちらかというと肉体面での健康であり、精神が弱ることはあまりなかったですからね」

「そうね。……どうやったら精神が強くなるのかしら？　毎日大公様の近くで一緒にお話をしていれば免疫ができるかしら？　どう思う、メイベル？」

「療養でお暇なのは分かりましたが、今はお休みください。午後からリィナ様がいらっしゃいますし、マリエッタ・コートベイル様もお見舞いにいらしてくださるそうですからね」

二人の女性からは、昨日のうちにカードが届いた。

リィナは昨日昼から今日にかけてどうしても外せない仕事があったようで、手の空《す》く今日の午後になったら必ず訪問する、テストも延期するからまずは元気な顔を見せてほしいというメッセージが届いたのだ。

またマリエッタもテレーゼが倒れたことを噂《うわさ》に聞いたようで、すぐさま見舞いに来たいと申し出があった。だが今日の昼までは安静ということで、これまた昼以降に顔を見せに来てくれるという。

（……メイベルの言うとおりだわ。リィナとマリエッタ様に元気な姿を見せるためにも、今はしっ

ら何でもよろしいです」
「本の内容にはいろいろと突っ込みたいところはございますが、おとなしくしてくださるのでした
詰めたような顔で崖《がけ》から次々にキャベツを落とす理由が、もうちょっとで判明するのよ」
「分かったわ、メイベル。おとなしく過ごすから、読みかけの本を読んでもいい？　主人公が思い
かり休まないと！）

さしものおてんばテレーゼも静かに本を読んで自室で休養すると、昼食はリビングで摂《と》れるようになった。

「おはようございます、テレーゼ様。……ああ、だいぶ顔色もよろしくなりましたね」

リビングでは昼食と共に、ジェイドが待っていた。彼は男性だからテレーゼの寝室に入ることができなかったので、彼と顔を合わせるのも昨日の昼ぶりだ。

「おはよう、ジェイド。迷惑を掛けてごめんなさい。もう元気になったわ」

「テレーゼ様が元気になられたのならば、それでいいのですよ」

そう言うジェイドはほっとしたように息をつき、テレーゼの椅子《いす》を引いて座らせてくれた。

「大公閣下との面会で神経をすり減らしてしまわれたようですね。私《わたし》がもっと早く気付いていれば、テレーゼ様が体調を崩される前に行動できたのかと思うと……」

「ええっ、何言っているの。ジェイドはふらついた私を支えてくれたじゃない」

メイベルが料理を取り分けてくれている間に、テレーゼはそう言った。

昨日、椅子から立ち上がったとたん立ちくらみのようにふらりとして、目の前の景色がぐるぐると回転した。倒れる――と覚悟したテレーゼだったが、カーペットに顔面衝突する前にジェイドの腕が体を支えてくれたのだ。

「ジェイドがいなかったら私、『とても偉い人とお話をすると体調を崩す病』に罹《かか》ったのみならず、鼻の骨までへし折ってしまっていたわ」

傍らでメイベルが、「先ほどと病名が変わっています」と突っ込んできたが気にせず、テレーゼは自分の鼻をそっと押さえた。

人生で初めての家族以外へのキスの相手がカーペットにならずに済んだのは、ジェイドのおかげだ。何も彼が悔いることはないではないか。

「お医者様を呼んでくれたのもマリエッタ様たちの対応をしてくれたのもジェイドでしょう？　ありがとう、ジェイド」

「……護衛として当然のことをしたまでです」

ジェイドは真面目な口調で言い、自分の分厚い胸元に拳《こぶし》をあてがった。

「いつでもこのジェイドをお頼りください。テレーゼ様が快適に過ごされるようお支えするのが、私の役目です」

そう言ってジェイドはちょこっとウインクをした。精悍《せいかん》な顔立ちをしている彼だが、そんな茶目っ気のある仕草もなかなか板に付いている。

優しくて、頼りになって、ちょっとだけお茶目な面も見せてくれる。

（ジェイドって、私のお兄様みたいだわ）

テレーゼは四人きょうだいの一番上だ。弟妹たちはかわいいし、姉として年少者を守ってやらねば、という使命感に燃えている。テレーゼとしても、自分が長子であることに何の不満もない。

（でも……そっか。お兄様、ってのも素敵よね）

ジェイドが兄だったら、きっとテレーゼはかなりのお兄ちゃんっ子になっていただろう。弟妹たちの前ではしゃきっとしていても、ジェイドならテレーゼだけを甘やかしてくれるのではないだろうか。

テーブルに頬杖《ほおづえ》をつき、テレーゼは熱の籠《こ》もった眼差《まなざ》しでじっとジェイドを見つめる。見つめられたジェイドはしばらくの間はテレーゼの視線を受け止めていたが、やがて顔を背けてしまった。

「……その、テレーゼ様。あまり異性を熱心に眺めるものではありませんよ」

「はっ……それもそうね。ごめんなさい、あなたを見ているとついつい、妄想にふけってしまって」

「妄想ですか!?」

「あれ？　妄想より想像の方が近いかしら？　でも私の願望なんだし、やっぱり妄想の方が近い気がするわ。……うーん……考えるの疲れた！　メイベル、ジュースがほしいわ！」

メイベルが注《つ》いだリンゴジュースをおいしそうに飲むテレーゼの傍らでは、彼女の護衛騎士が困ったように視線をさまよわせていた。その頬はほんのりと赤く、「妄想……俺《おれ》を見て、妄想……?」となにやらぶつぶつと呟《つぶや》いている。

そしてピッチャーを手にしたメイベルはそんな二人を見——なんだか、二者の間にとんでもない誤解が生まれているような気配を感じ、遠い眼差しになっていたのであった。

＊　＊　＊

午後、リィナとマリエッタ、どちらが先に来るだろうかと待っていたところ、先に部屋にやってきたのは伯爵令嬢の方だった。

「こ、こんにちは、テレーゼ様。あの、昨日からお体の調子が優れないと聞きまして……」

「いらっしゃいませ、マリエッタ様。丸一日休んだので、見てのとおり健康そのものですよ」

手土産をメイベルに渡したマリエッタはそれを聞き、ほっと安堵《あんど》の息をついた。

（そうよね……ジェイドたちだけでなく、マリエッタ様も心配させてしまったのだわ）

マリエッタをソファに座らせ、テレーゼは自分の胸を軽く叩《たた》いた。

「マリエッタ様にまでご心配をおかけして、申し訳ありません。……どうやら、大公様の訪問が思った以上に応《こた》えていたようでして」

「そ、そうです！　わたくし、テレーゼ様にそのお話もしたかったのです！」

突然、マリエッタは早口になって身を乗り出してきた。これまでおどおどしている姿がデフォルトだった彼女らしくもない、興奮した様子である。

反射的にぎょっとして少し身を引いてしまったテレーゼだが、マリエッタはそんな反応を気にした様子もなく、口元に小さな手のひらをあてがって内緒話をするように声を潜めた。テレーゼも、姿勢を戻してマリエッタの方に体を傾ける。

「……昨日、テレーゼ様のお部屋に大公閣下がいらっしゃったとのことですが……ご存じですか？昨日閣下がいらっしゃったのは、ごく一部の令嬢の部屋だけなのです」

「……え？　全員じゃないの？」

思わずひっくり返った声が出てしまった。

てっきり、令嬢全員必須《ひっす》の抜き打ち家庭訪問イベントなのだと思っていたのだが、対象は一部の令嬢だけだったとは。

「それって……えっと――」

「ああ、お気になさらないでください。わたくしの部屋には、いらっしゃいませんでした」

そう言うマリエッタだが、大公に「選ばれなかった」ことにさして気を悪くした様子はないようだし、早口のままだ。

「わたくしが把握する限りでは、大公閣下がいらっしゃったのは三十五人中八人。その中にはテレーゼ様の他《ほか》に、ゲイルード公爵令嬢クラリス様などもいらっしゃいます」

「えっ……人選がよく分からないわ」

わざわざ三十五人の中から八人だけ選んで訪問したというのに、なぜそこにテレーゼまで入っているのだろうか。

（私とクラリス様に共通点なんてなさそうだけど……あっ）

「もしかして、三十五人の中から無作為に八人選んで、偶然その中にわたくしが入っていただけだとか？」

「それは違うと思います。……わたくしの予想なのですが、大公閣下は三十五人の令嬢の中で、有望そうな者だけに集中して昨日、訪問したのではないかと思うのです」

「……………ユウボウ？」

首を傾《かし》げる。

間もなくユウボウをきちんと「有望」に変換できたが、いったいテレーゼに何の「望み」があるというのだろうか。

（……えっと、まさか……ね？）

「その……マリエッタ様は、どういう意味でわたくしが有望株だと判断されたのだと、お思いですか？」

「それはもちろん、大公妃として、ですわ」

マリエッタは笑顔だ。

これまで見た中で一番の笑顔かもしれない。

いつも自信がなさそうにしている彼女の顔はすっきりと晴れ渡っており、伏せ気味のブルーの目は期待と喜びで輝いている。

テレーゼが、大公妃の有望株。

（……えっ、何それ？）

大公はついに、正常な思考判断力を失ってしまったのだろうか。

「わたくしを大公妃にした翌日には、国が滅びそうな気がしますが」

「まあ、そんな謙遜《けんそん》をなさって。……だって大公閣下がお越しになったのは、テレーゼ様やクラリス様を始めとした前向きで、はっきりとものを言う正義感の強いお方ばかりでしたもの。テレーゼ様もその中に入ってらっしゃるでしょう？」

どうやら彼女の中で、金髪ドリル美女はそれほど脅威の対象ではなく、テレーゼと同じく「正義感の強い前向きな令嬢」ということになっているようだ。

それはいいとして。

「……きっと大公様は、公城内をうろうろするわたくしの噂《うわさ》を聞き、どのような女なのか気になって顔を出されただけですよ」

そう、それはまさに、珍獣を観察しに行く動物研究家のような心境で。

きっと今頃《いまごろ》大公は、「聞きしに勝る変な令嬢だったな」と思っているはずだ。

（私が大公妃の有望株なんて、きっとマリエッタ様の勘違いよ。うん、そうに決まっているわ）

はしゃいでいるマリエッタには申し訳ないが、テレーゼは自分の精神衛生上、そう信じることにしたのだった。

マリエッタは終始機嫌がよく、リィナとほぼ入れ違いに帰っていった。

リィナはマリエッタを見送った後、小走りでテレーゼに駆け寄ってじっと見つめてきた。

「おはようございます、テレーゼ様。……昨日から体調を崩して伏せってらっしゃったと伺いました。もう大丈夫なのですか？」

「うん、平気！　時間があったから、リィナに借りた本を読んでいたの。まさか、主人公が崖から落としていたのがキャベツじゃなくてレタスだったなんて、予想外すぎて……衝撃の結末だったわ」

「話の肝はそこではなかったはずですが、楽しんでいただけたならそれでいいです」

「ええ！……あ、でもできたらテストは明日に延期のままでいてほしいなぁ、なーんて……」

「もちろんでございます。病み上がりで急に勉強を再開しても、身に付くものではありません。今日は体と心を休め、明日から勉強をしましょうね」

そう言うリィナの声は優しい。

（リィナは同い年だけど……もし私にお姉様がいらっしゃったら、こんな感じだったのかしら）

兄のようなジェイド、そして姉のようなリィナに面倒を見てもらっている自分は幸せ者だと、改めて思う。

（……ああ、そうだ。兄といえば）

「ジェイド、ちょっといいかしら」

リィナとメイベルがマリエッタの置いていった手土産の選別をしている間、テレーゼはちょちょっと手招きしてジェイドを呼んだ。

「ジェイドはさっきのマリエッタ様との話を聞いていただろうけれど……どう思う？」

「どう、とは……有望株、の話ですか」

「そうそれ」

テレーゼが大きく頷《うなず》くと、ジェイドはあごに手をあてがってしばし思案するように深緑色の目を伏せた。

「そうですね……テレーゼ様のご意志に背くようで申し訳ないのですが、私《わたし》もマリエッタ・コートベイル伯爵令嬢の考えにはおおむね同意いたします」

「うーん……やっぱりそうなるのね」

テーブルに腕を乗せてぶうっと頬《ほお》を膨らませると、少し離れたところからメイベルに「そのような顔はおやめください！」と叱《しか》られた。

ジェイドは両手両足を伸ばしてバタバタするテレーゼを見、落ち着いた声音で言う。

「大公閣下は、この二十日間で妃《きさき》候補たちがどのように過ごしているのかをたいへん気にされていて、我々護衛騎士の報告をいつも熱心に聞かれています。おそらく報告の内容をもとに令嬢たちの適性や性格をある程度見極め、それらの情報をもとに昨日、部屋を訪問なさったのでしょう」

「うーん、うーん……いや、クラリス様たちなら分からなくもないんだけど、どうして私のあれやこれやの報告を聞いて、様子を見に来ることにしたの？」

普通の貴公子なら、馬の出産を手伝ったり汗くさい騎士団詰め所に遊びに行ったり、庭園の土をほじくり返したりする令嬢の部屋を訪れようとは思わないだろう。

（……もしかして大公様は、ちょっと変わった性癖をお持ちなのかしら？）

テレーゼが心の中で若干失礼なことを考えている傍ら、ジェイドはテレーゼの顔を遠慮がちに覗《のぞ》き込み、柔らかく微笑《ほほえ》んだ。

「テレーゼ様が心配をなさる必要はありません。ご存じのとおり、大公妃を選ぶのは魔法仕掛けの指輪です。指輪は、本当に大公妃にふさわしい女性を選びます」

「無機物に何が分かるのよぉ……」

「……太古に失われた魔法は今では、一部の者が研究するのみです。正直私もそこまで詳しくないので、あくまで持論ということになりますが……こう考えてみてはどうでしょう。指輪は無機物だからこそ、人間らしいひねくれた感情やお世辞なんてものを気にすることなく、公平に物事を判断できるのではないか――と」

ジェイドの言うことにも一理あるかもしれない。

テレーゼが顔を上げると、ジェイドはテレーゼを安心させるかのように大きく頷いた。

「それにいくら適性があるといっても、大公妃になりたくないと思っている女性を、本人の意思を無視までして選ぶことはないはずです。指輪は大公家繁栄のために存在しているのですから、無理矢理選ばれた大公妃と大公閣下が不仲であってはならない。となれば、最低限は二人のお気持ちや考えを考慮するのではないでしょうか」

「うーん……なんだかもう、指輪が人間くさいのか無機物らしいのか、よく分からなくなってくるわ」

「そうですね。正直私もよく分かりません。ただ――」

「うん？」

「テレーゼ様がテレーゼ様らしくいらっしゃればいいのは、確かです」

ジェイドの緑の目が、瞬く。

その眼差《まなざ》しは強く、優しく――それでいて、テレーゼもぞくっとするような妙な熱が込められているように感じられた。

「自分らしさを押し殺し、偽りの自分を演じる必要はありません。……大公閣下も、ゆるりと過ごせばよいとおっしゃっていたでしょう？　自分らしくあることが一番です。そしてテレーゼ様がご自分の目標を胸に常に宿してらっしゃれば――あなたにとって望まぬ結果にはならないと、私は信じています」

彼はあくまでも、「かもしれない」「こう思うと楽だろう」の気持ちで声を掛けることしかできない。

だが、彼がテレーゼのために言葉を考え、それを口にし、励ましてくれることが――嬉《うれ》しくて、心強い。

（……うん、そうよね。なるようになるし、私は私の目標に向かって進めばいいだけの話！）

悩んでいた頭が少しだけすっきりし、テレーゼはついついへらりと相好を崩してしまう。

「うふふ……やっぱりジェイドって、すごいわ」

「そうですか？」

「ええ。……ちなみにジェイド、あなたって弟か妹はいる？」

「え？　いえ、姉がいます」

「まさかの弟⁉」

勝手に兄の影を求めていたが、どうやら彼は根っからのお兄ちゃん属性ではなかったようだ。

＊　＊　＊

「こんにちは！　お邪魔しまーす！」

テレーゼが元気よく挨拶《あいさつ》して入室すると、室内からおおっ、と野太い声が上がる。

「いらっしゃい、テレーゼ様！」

「おっしゃっていたとおり、再利用できそうな紙を集めておきましたよ！」

「まあ！　ありがとう！」

テレーゼは男性が運んできた箱を見ると笑顔で覗き込み、はっと口元を手で覆った。

「なんて……たくさんの雑紙！　わたくしの予想以上だわ！」

「この前、報告書を大量に書かされましてね。機密のものは破棄になるんですが、差し上げても問題なさそうなものは選別して取っておきました」

「さすがだわ、ありがとう！　さっそく仕分けるわよ、ジェイド！」

「かしこまりました、テレーゼ様」

ジェイドが箱を受け取り、部屋の奥のテーブルに向かった。テレーゼも上機嫌で彼のあとを付いていきながら、すれ違った男たちに挨拶をして回る。

「こんにちは！　今日も素敵な筋肉ね！」

「こんにちは、テレーゼ様。俺《おれ》の筋肉は今日も絶好調ですよ！　ほら！」

「まあ、素敵な力こぶ！　カッチカチね！」

ムキッと披露された上腕二頭筋を見てきゃっきゃとはしゃいだ声を上げる、十八歳の美少女。彼女の周りにたむろするのは、訓練帰りのむさい男たち。

ここは、王城の隅っこに存在する騎士団の詰め所。

室内は、汗と、埃《ほこり》と、泥と、あとよく分からない臭《にお》いで満ちている。

そんなむさい部屋の臭いに嫌な顔ひとつせず、テレーゼはジェイドが置いた箱をひっくり返し、騎士たちがわざわざ取っておいてくれた紙の束を目にすると、にんまりと笑った。

「ふふふ……これだけあれば、私の勉強用のノートにもなるし、素材によっては窓拭《まどふ》きにもなるわ！」

「いつも通り、筆記に適したものとそうでないものに分ければいいですね」

「ええ、頑張りましょう」

テレーゼの奇行に慣れてしまったジェイドは、何も言わずとも護衛対象の意図を酌《く》んでくれている。実に優秀な騎士である。

周りで騎士たちが上着を脱いで見事な筋肉を披露したりごろごろ寝転がったりしているが、テレーゼは気にも留めない。男の上半身なら、地方でいくらでも見てきた。農業に従事する男たちは夏の暑い日であれば下着一丁で鍬《くわ》を振るっていたし、汗や泥の臭いにだって慣れっこだ。

そして騎士たちも、そこにテレーゼがいないかのように扱ってくれるのがありがたい。最初に騎士団詰め所に突撃した時には上を下への大騒ぎになったので、「わたくしのことは、動く置物だと思ってください」と頼んだのである。

また、「妃候補が快適に過ごせるようにするのが我々のつとめだ」とのジェイドの取りなしもあり、騎士たちはテレーゼのしたいようにさせてくれるようになったのだった。

騎士たち用に誂《あつら》えられたテーブルはテレーゼの身長では高すぎたので、椅子《いす》を持ってきてもらいそこに座って選別作業を行う。

「ノート用のものは、きれいに重ねてね。持って帰ったら穴を開けて紐《ひも》で綴《と》じるから」

「掃除用には、こちらのような少々くたびれたものでも大丈夫ですよね？」

「ええ。このざらざらした感触のものが掃除に適しているのよ。油分も吸い取ってくれるから、油汚れの掃除にもぴったりなの」

選別しながら思うのは、実家のこと。

リトハルト家では、一切の無駄が許されなかった。

金はいくらあっても足らない。自分たちの生活費を切りつめ、領民たちに資金を回し、その分しっかり働いてもらう。

(「我々は民たちの血と汗によって生きていられるのだから、民の生活をおろそかにしてはならな

い」……お父様のおっしゃるとおりだわ）

リトハルト侯爵家の歴史は深い。長い歴史の中で、テレーゼの祖先は民たちの納める税や作物によって不自由ない生活を送ってこられた。であれば、何年も続く不作によって民たちが困窮した時、彼らを救うのはテレーゼたちの義務。

（「貧しいことを恨むな、民がついてきてくれることを喜べ」……そのために、私はできることをしなければならないわ）

大公妃は、テレーゼには荷が重すぎる。大公の妻ということで一気に名声も高まるだろうが、万が一零落した時の保証ができない。現大公の治世で何かが起きるとは思いたくないが――その「何か」が起きた時、テレーゼにはたくさんの大切なものを守れるだけの力はない。

（そう思うと、偉い人の奥さんって案外、身分が高くない方がいいのかもしれないわね）

妃の身分が高ければ強力な後ろ盾も得られるだろうが、「何か」が起きた時の損失も計り知れないほど大きくなる。

一方、身分が低ければ、妃側に失うものはない。誰《だれ》かを人質に取られる――ということもなくなるので、身軽な身分であることによってかえって不利な状況が起きにくくなるという利点があるのかもしれない。

（……何にしても、「この人なら大丈夫」ということはないのよね。そういうこともひっくるめて、指輪は妃を選ぶんだろうけれど……）

正直テレーゼは、指輪の魔力とやらをあまり信じていない。ジェイドはもっともなことを言っていたが、所詮《しょせん》無機物。しかも指輪に魔力を込めた魔術師は遥《はる》か昔に死亡しているというのに、そんな化石物質に頼りきりになってもいいのだろうか。

「……テレーゼ様?」

「……え?　あ、はい、元気です!」

「元気なら何よりです。……その、考え事をされていますか?　手が、別のことをなさっていますよ」

ジェイドに指摘されて目線を落とせば——なるほど。考え事に夢中になっていたからか、テレーゼの手は紙の選別作業からいつの間にか、エコ箱折りに移行していた。

「あ、あら……つい癖で」

「既に三つも仕上げていますね。テレーゼ様の本能はすばらしいです」

「えっ、そう?　ありがとう!」

「そこは喜ぶところなんですかねぇ」と周りで誰かが呟《つぶや》いているが、ジェイドに褒められたのでまんざらでもないテレーゼだった。

紙の仕分けを終えた後、ジェイドは打ち合わせがあるということなので、彼の用事が終わるまでテレーゼは詰め所の周辺で時間を潰《つぶ》すことにした。

「いい天気ー」

ぽかぽかと柔らかな陽気に当てられていると、気分も向上してくる。後ろ手を組み、テレーゼは鼻歌を歌いながら歩き始める。

詰め所の前は芝生広場になっており、今日のように天気のいい日は休憩中の騎士たちが甲羅干しをしたりするそうだ。現に今も、テレーゼからちょっと離れた木陰で数名の騎士たちが寝転がっている。ジャンプしながら大きく手を振ると、手を振り返してくれた。ノリのいい騎士たちである。

辺りは見通しがよく、あちこちで騎士たちが警備をしている姿が見える。テレーゼは既にこの辺りでは顔パス状態なので身分を問われたりすることもないし、彼らもそれとなく辺りに注意を配ってくれるのでありがたい。

(ジェイドは、私《わたし》が来ることで皆が警備をしっかりするようになるから、いい効果もあるって言っていたわね)

騎士の中にはさぼりがちの者もいるそうだが、テレーゼがひょこひょことあちこちに足を運ぶためか、ここ最近はさぼりが減っているそうだ。彼らも、変人とはいえ貴族の令嬢にさぼっている場面を見られたくないのだろう。

(……あら?)

ふと、前方を過《よぎ》った華やかな布地を見てテレーゼは足を止めた。

見間違いでなければ今のは、衣服――それもドレスだ。

(貴族のお嬢様？　まさか……騎士団詰め所にドレスでやって来る令嬢なんて、いるはずがない！

あっ、私がいたわ！)

テレーゼという前例があるなら、他《ほか》に好奇心旺盛《おうせい》な令嬢がいてもおかしくないだろう。

なるほど、と納得したテレーゼは好奇心に駆られ、ドレスの見えた場所へと急ぐ。

（私と同じような行動を取る人なら、仲良くなれるかもしれないわ！）

わくわくしながら角を曲がった先は、薄暗い小道だった。騎士たちの宿舎の間に延びる小道の先には、物置らしき小屋が見える。

そんな場所に、クリーム色のドレスの少女の姿があった。今は暗がりに立っているためドレスの色もくすんで見えるが、先ほどちらっと見えたものに違いない。

テレーゼが声を掛けるより早く、令嬢は振り返った。そのグリーンの目に見つめられたテレーゼはしばし考えた後、あっと声を上げる。

「あなたは……ルクレチア様？」

「テレーゼ様……ですか。ごきげんよう」

マーレイ伯爵令嬢ルクレチアはテレーゼの登場にさして驚かず、落ち着いた様子でお辞儀をした。

ルクレチアは、十日ほど前に開かれた庭園茶会にも参加していた――いや、させられていた、か？――令嬢の一人だ。日陰でもはっきりしている赤みの強い金髪に、伏せがちの目。今日もこんなに暖かい日なのに、喉《のど》も手首もしっかり覆うストイックなデザインのドレスを着ている。

テレーゼは首を傾《かし》げた。

「して……ルクレチア様、どうしてこちらにいらっしゃるのでしょうか？」

「それはわたくしの台詞《せりふ》ですよ。侯爵令嬢が騎士団詰め所に来るなんて……」

ルクレチアはぼそぼそと言い、ため息をついた。なぜだか、呆《あき》れられているようだ。

(……まあ、ジェイドやリィナはともかく、他の人からすれば信じられないかもしれないわね)

テレーゼは苦笑し、ルクレチアにちょいちょいと手招きした。

「こっちに来ておしゃべりしましょうよ。そこ、暗いでしょう」

「……分かりました」

応じてはくれたが、なんとなく渋々という感じがする。彼女の声は澄んだアルトボイスだが、あまり声の調子がよろしくないのだ。

他の令嬢たちから攻撃的な態度を取られたり、マリエッタからなぜか応援されたりしたが、こういう反応をされたことはないので、なんだか新鮮である。

(マリエッタ様のような恥ずかしがり屋、というわけじゃないのね。自己主張が激しいわけでもないけれど、態度には感情が表れている……)

ルクレチアという個人にも俄然《がぜん》興味が湧《わ》いてきて、テレーゼは日なたに出てきたルクレチアの顔を覗《のぞ》き込み、にっこり微笑《ほほえ》んだ。

「ルクレチア様も、何かご用があって騎士団にいらっしゃったのですか？　あ……さては、どなたかに会いに来た、とか？」

「ええ、そのとおりです」

ルクレチアはテレーゼからふいっと顔を背けて素っ気なく答えた。顔をじろじろ見られるのは苦手なのかもしれない、と思ってテレーゼは一歩後退し、ルクレチアの次なる言葉を待つ。

「……騎士団に、二歳年下の弟がおります。今日はあの子に会いに来たのです」

「あら……弟さんがいらっしゃるのですね」

それは初耳だ。残念ながらテレーゼはまともに夜会に出たことがないので、同じ年頃《としごろ》の令嬢たちの家族構成に明るくはない。

二歳年下――ということは、そろそろ見習から正騎士になるための試験を受ける年頃だろうか。

（でも、弟がいるなんて……これは、話が弾みそうだわ！）

テレーゼは微笑みを浮かべたまま、ルクレチアに声を掛ける。

「わたくしにも十歳の弟がいるのです。まだ幼年学校に通っている年齢ですけれど……賢くて、かわいい子なのですよ」

「……左様ですか。そういえば、リトハルト侯爵家には利発な跡取りがいらっしゃると聞いたことがあります」

思いの外ルクレチアは食いついてくれた。

（まあ！　エリオスのことは、有名になっているのね！）

弟が褒められて嬉《うれ》しいテレーゼは、えっへんと胸を張る。

「ええ、自慢の弟です！　もうちょっとお金があれば大学院に通わせてあげられるので、姉として弟の進学を手伝いたいと思っています」

「……そう、ですか。リトハルト侯爵家は、領民思いでたいへん慎《つつ》ましい生活をなさっているとのことですよね」

「貧乏」という言葉を使わずに、リトハルト侯爵家の財政状況を説明しなさい。配点十点。

そんな発問に対して返されたかのようなテレーゼを思いやった模範的な回答に、テレーゼはうんうんと大きく頷《うなず》く。

（ルクレチア様は口数が少なくておとなしい方だけれど、思いやりにあふれた聡明《そうめい》なお方なのね）

一気にルクレチアへの好感度が増し、思わず彼女の手を取りそうになる――が、先ほど顔を近づけた際にそっぽを向かれたことを思い出したのでやめておいた。

「そのように言っていただけて、嬉しいです。……あの、よろしかったらルクレチア様のことも教えてくださらないでしょうか？」

「わたくし……ですか？」

ルクレチアの声が少しだけ裏返った。彼女が「無」や「呆れ」以外の感情を見せるのは、これが初めてかもしれない。

「……わたくしには、テレーゼ様にお話しできるようなことは、何も」

「あるじゃないですか！　ルクレチア様にも弟さんがいらっしゃるのでしょう？　どんな方ですか？　騎士団所属ということですが、そろそろ正騎士になるお年ではないかしら？」

ルクレチアとは「弟のいる姉」という共通点が見つかった。

（これで、ルクレチア様と弟トークで盛り上がって親しくなれるかもしれないわ！）

そう思ったのだが――ルクレチアはあっという間に「無」の表情に戻り、顔を背けてしまった。

「……特に、わたくしの方から申し上げられることは――何も」

「えっ……でも、わざわざ会いに行かれるくらいなのですから、仲はよろしい……のでしょう？」

「姉弟仲は普通によいのですが……弟について、話せることは何もないのです」

「そう……ですか？　こんなところがかわいいとか、自慢できるとか、そういうことがあれば聞きたかったのですが……」

「……すみません」

最後には、消え入るような声で断られてしまった。

そのまま彼女はぺこっと一礼し、ドレスの裾《すそ》を持ち上げてそそくさとテレーゼの隣を通り過ぎていってしまった。

「弟トークをしてルクレチアと仲良くなろう」作戦、失敗。

（あんなに早足で行ってしまわれて……そんなに、私と話がしたくなかったのかしら）

エリオスの話をしている時はそこそこ乗り気になってくれたのに、残念である。

ずーんと落ち込んだテレーゼは、とぼとぼと詰め所への道を戻る。

（姉弟仲は良好とのことだったけれど……部外者にお家の事情に首を突っ込んでほしくなかったのかしら）

貴族の家にも、いろいろある。

マーレイ伯爵家の姉弟がそうとは限らないが、妻の子と愛人の子が同居しており、互いに複雑な思いを抱いている――ということもなきにしもあらずなのだ。

（私、ルクレチア様に失礼なことをしてしまったのかもしれないわ）

部屋に戻ったら、ルクレチア宛《あ》てに謝罪の手紙を書くべきだろうか。だが、「理由は分からないけれど、怒らせてしまってごめんなさい」という内容は逆に失礼になるのではないか。

足取り重く詰め所に戻ると、ジェイドが玄関で待ってくれていた。

「お待たせしました、テレーゼ様。紙を選別した箱は既に部屋まで運ばせて——どうかなさいましたか？」

「え？」

「顔色が優れないです」

ジェイドに指摘され、テレーゼは慌てて自分の頬《ほお》にぺたぺたと触れる。

（……ああ、いけないわ。感情が顔に出ていたのね）

護衛騎士にじっと見つめられ、テレーゼは観念して肩を落とした。

「……ええ。ちょっと、困ったことがあって」

「……よろしければ、歩きながら話しましょう」

ジェイドに言われ、テレーゼは素直に頷いた。

テレーゼとジェイドでは、身長の差が大きい。もちろん、それに比例して脚の長さ、歩幅の違いも大きい。さらに今はテレーゼの気分が落ち込んでいるので、足取りも重くなる。

それでもジェイドはちまちま歩くテレーゼに歩幅を合わせ、ゆっくり歩いてくれていた。

「……さっき、ルクレチア様と会ったの」

「ルクレチア・マーレイ伯爵令嬢ですね。弟のライナスが騎士団に所属しております」

「そう、まさにそれなの」

テレーゼは顔を上げ、きれいに晴れた空を見上げて大きなため息をついた。

「せっかくだからルクレチア様とお話がしたくて、お互いの弟トークをしようと思ったの。でも……ルクレチア様は弟さんの話をしたくなかったみたいで。姉弟仲は悪くないとおっしゃっていたけれど、どうにも歯切れが悪いご様子だったのが、気になっていて」

「……ああ、そういうことですか」

ジェイドはしばし黙った後、口を開いた。

「それでしたら、心配無用です」

「そうなの……？」

「ルクレチア嬢の弟のライナス・マーレイは、今年で十五歳。先日の正騎士登用試験に合格したばかりの新人なのですが、あの年頃の少年の心境はなかなか複雑なのですよ」

「それって、えーっと……思春期ってやつ？」

「そうです。ルクレチア嬢はライナスの心配をしてまめに騎士団にいらっしゃっていますが、ライナスとしては——姉に気遣われて、嬉しいけれど恥ずかしいところがあるのでしょう。ルクレチア嬢が言葉を濁してらっしゃったのであればそれはきっと、思春期のライナスのことを気遣われていたからだと思います」

なるほど、とテレーゼは目を瞬かせる。

「それじゃあ……マーレイ伯爵家に特殊な事情があるとかじゃなくて、あまりにも弟さんのことを話せば、思春期の弟さんが困ってしまうからと思われたからなの？」

「少なくとも、伯爵家に事情があるとは伺っておりません。私はライナスとはよく手合わせをしますが、彼の性格からして、こう考えるのが妥当かと思います」

ジェイドが足を止めたので、テレーゼも立ち止まって背の高い護衛の顔を見上げた。

「……テレーゼ様は、お優しいのですね。お優しいから、こうしてひとつひとつのことに心を痛め、ご自分を責めようとしてしまうのですね」

「え？　私《わたし》が特別優しいってわけじゃないと思うけれど？」

きょとんとして言い返すと、ジェイドは緑の目を細め、柔らかく微笑《ほほえ》んだ。

「いいえ、あなたは優しい。わざわざ意識して人に優しくしようと思わずとも、あなたは性根が優しいから自然と人を気遣える。そんなあなただから、私たちもついつい、世話を焼いてしまうのですよ」

メイベルもリィナもジェイドも、テレーゼだから側《そば》にいてくれる。

マリエッタもテレーゼの気持ちを酌《く》んでくれたし、大公もテレーゼの行動を認めてくれた。

（……褒められるのはなんだかくすぐったいし、慣れないけれど）

「……うん。ありがとう、嬉《うれ》しいわ」

テレーゼは笑った。

「しまりがないです！」とメイベルにいつも叱《しか》られる、ふにゃっとした笑顔。

それを見たジェイドは、緑の目を見開いた。彼の瞳《ひとみ》に間抜けに笑う自分の顔が映り込んでいたため、テレーゼは慌てて咳払《せきばら》いし、にっこりと上品に笑ってみせた。

「そ、それより……ルクレチア様の弟さんと知り合いなら、よかったら今日のことをそれとなく伝えてもらえないかしら？」

「……そう、ですね。ライナスも、テレーゼ様からのお言葉となれば素直に受け取ることでしょう」

そう答えたジェイドの瞳はいつも通りの大きさに戻っていた。

彼は柔らかく微笑み、テレーゼの部屋のある方角を手で示す。

「さあ、部屋に戻りましょう。……集めた紙を束ね、ノートを作られるのでしょう？」

「……ええ！　リィナが待ってくれているはずだから、早く戻らないとね！」

えいえいおー！　とかけ声を上げ、テレーゼは上機嫌で庭を歩いていく。その足取りは先ほどと違い元気いっぱいで、ジェイドはくすっと笑みを零《こぼ》す。

「……俺《おれ》は、あなたに心から笑っていてほしいのです。テレーゼ様」

誰《だれ》にも聞こえない声で呟《つぶや》き、ジェイドはローズブロンドの髪をなびかせる護衛対象を追うべく、歩き出したのだった。

＊　＊　＊

テレーゼが部屋に戻ったとき、そこは新種の生物たちであふれかえっていた。

「も、申し訳ございません！　テレーゼ様に倣ってわたくしも編み物の練習をしたのですが……！」

ぽかんとするテレーゼの前に、リィナがひれ伏す。彼女の官僚服のあちこちには毛糸のくずが付いており、シンプルな濃紺の布地に彩りを加えていた。

「今すぐ、解《ほど》きます！」

「えええ……何言っているの。これなんて、とっても素敵なお風呂《ふろ》用たわしじゃない」

テレーゼは足下に転がっていた毛糸モンスターを拾い上げ、しげしげと眺めた。それはテレーゼがいつも作っているエコたわしよりかなり大きく、ごつく、野性的な見目をしていた。食器用たわしには向かないだろうが、これくらい大きくて持ちやすければ浴槽洗いに使えそうだ。

「ほら、ここがちょうどへこんでいて持ちやすいし作りがしっかりしているから、浴槽をぴっかぴかにできるわよ！　さすがリィナね」

「いえ、その……これらはいわゆる失敗作でして……そのへこみも、意図して作ったわけではなく……」

「何を言ってるの。私じゃあ、こんなに立派なたわしは作れないわ！　解かなくていいから、いろいろな場面で活用しましょう」

テレーゼはそう言ってリィナを立たせ、あちこちに転がっているたわしひとつひとつをじっくり観察した。どれもなかなか個性的な見た目で、見ているうちにだんだんと愛着も湧《わ》いてくる。

「ほら、全部集めて……」

「テレーゼ様、大公様がお越しになられました」

色とりどりの毛糸モンスターを集めていると背後からメイベルに言われ、テレーゼとリィナはぎょっとして振り返る。

「また抜き打ち訪問⁉」

「メイベル殿、大公閣下は今どの辺りに？」

「今ジェイド様が対応なさっていますが……あっ」

ゆっくり、ドアが開く。そこに立っているのは、金髪碧眼《へきがん》の麗しき美丈夫。

彼の背後には、ジェイドの姿が。彼は視線だけで、『力及ばずすみません』と語っていた。今回は足止めも利かなかった様子だ。

大公は目を瞬かせ、テレーゼの部屋を見渡す。そこにいるのは、腕いっぱいに毛糸の魔獣を抱えるテレーゼに、大公に尻《しり》を向けてソファの足下に転がっていたモンスターを拾うリィナ。そして、頭を抱えているメイベル。

「ずいぶん楽しそうだな。これも、何かの勉強か？」

首を傾《かし》げてそう言う大公は、ひょっとして天然が入っているのだろうか。

大公にはしたないを姿を見せたことで真っ赤になって頽《くずお》れてしまったリィナをメイベルに託し、テレーゼは小さく息を吸う。

（ここは大公様の勘違いを利用して、うまく切り抜けないと！）

「ご、ごきげんよう、大公様！　これはですね、仰せのとおり、編み物の練習でして！」

「ずいぶんと奇っ怪なものを作ったのだな。それは、何に使うものだ？」

「浴槽掃除用のたわしです！　こちらのリィナが作りました！」

「テレーゼ様っ！」

テレーゼとしては、斬新なエコグッズを作ったリィナの才能を大公にも教えて差し上げようと思ったのだが、リィナは悲鳴を上げて顔を両手で覆ってしまう。

「……恥でございます。穴があったら入りたい――」

「えっ、スコップでいいなら貸すわよ？」

「テレーゼ様は、大公様とお話をなさっていてくださいね」

「はい」

メイベルが的確な突っ込みを入れ、リィナの肩を支えて続きの部屋に連れて行く。テレーゼは首を傾げて彼女らを見送り、「すぐに片づけますので」と一言詫《わ》びて、テーブルの上を片づけ始めた。

そんな慌ただしい部屋を見つめる大公の眼差《まなざ》しは、柔らかかった。


リィナ・ベルチェは十八歳にして、恥ずかしさのあまり死んでしまうかと思った。

テレーゼが大公と面談をしている間、リィナは隣の部屋のソファにのびて心を落ち着けていた。

メイベルは、「テレーゼ様に申し上げたいことがございましたら、わたくしが代わりに申しますよ」と進み出てくれたが、気持ちだけ受け取って丁重に断っておいた。

テレーゼに悪気がないのは分かっている。大公だって、悪意があって突撃訪問をしたわけではない。自分が不器用なのがいけないのだ。

長いため息をついて反省していると、やがてメイベルが大公の退室を告げてくれた。

「リィナ様にとっては気分が重いでしょうが、一同でお見送りするべきですので」

「もちろんです。今すぐ参ります」

リィナは重い体に鞭《むち》打《う》ち、さっとメイベルが差し出してくれた手鏡で自分の表情を確認してから応接間に戻った。

どうやら、テレーゼと大公は有意義な話ができたようだ。テレーゼは「今度は、消臭効果のあるポプリを作ってみます」と言い、大公も「楽しみだ。今日のそなたの活動も、なかなか興味深かった」と機嫌がよさそうだ。テレーゼは今の間に、いったい何をしたのだろうか。

侍従の手を借りてマントを着ていた大公の目が、ふと自分に注がれて、リィナは戦慄《せんりつ》する。

「そなたがリィナ・ベルチェだな。テレーゼ・リトハルトの言うとおり、賢そうな目をしている」

「お、恐れ多いことでございます……」

大公の正面ではテレーゼが、「リィナは、自慢の教育係です」と胸を張っているが、リィナはがちがちに固まった体でぎこちない礼を返すことしかできない。テレーゼの「とても偉い人とお話をすると体調を崩す病」は、いつの間に免疫ができたのだろうか。そしていつの間に、リィナにその病気が移ってしまったのだろうか。

大公はしばらくの間、冷や汗ダラダラのリィナを見ていた。だがやがて、手招きをする。

「リィナ・ベルチェ、こちらへ」

リィナは死を覚悟した。

後ろからメイベルにせっつかれ、ふらふらの足取りで大公の御前に参る。後ろでテレーゼが「大丈夫よ、大公様はとてもお優しいわよ！」と励ましてくれるが、それくらいなら「下がっていなさい」と命じられる方がずっと嬉しいのに。

大公は俯《うつむ》くリィナに「面を上げよ」と命じる。

「そなたに聞いてみよう。リィナ・ベルチェ。そなたは、テレーゼ・リトハルトが我が妃《きさき》にふさわしいと思うか？」

「え？」

命じられるまま顔を上げたリィナは無礼と分かっていても、惚《ほう》けた声を抑えられなかった。

だが大公はリィナの反応にはさして関心を向けず、「早く答えろ」とばかりにじっと見つめてくる。テレーゼなんて、「思ったことを言ってくれればいいわよ」とのんびり言うだけだ。

美男子に見つめられていると、心臓に悪い。ここは早くお引き取りいただこうとリィナは己を叱《しっ》咤《た》し、背筋を伸ばした。

大公の問いに対し、付添人兼教育係であるリィナにできる返答は——

「……テレーゼ様はお優しく、勉強熱心なお方です。そして、意識せずとも弱きを助けることのできる慈悲にあふれたお方でございます。テレーゼ様であれば、どのような人間であろうとその腕で包み込むことがおできになると信じております」

大公の質問は「大公妃にふさわしいか」だが、リィナはあえてその問いに是非で答えず、テレー

ゼの素質を述べることにした。返答を誤れば、女官を目指しているテレーゼの夢を挫《くじ》くことにもなりかねない。

大公の問いに対して曲解した回答をしたとしてリィナが責められても、テレーゼの目標達成への足枷《あしかせ》になることだけは避けたい――そう判断したからだ。

その答えを聞いた大公は片眉《まゆ》をひょいと持ち上げると、口元にほんの少し笑みを浮かべた。

「……なるほど。大公妃にふさわしいか否かではなく、テレーゼ・リトハルトの人となりを述べるとは、見た目に違《たが》わず賢い娘だ」

「……お褒めに与《あずか》り、光栄です」

深くお辞儀をしながら、リィナはゆっくりと肩の力を抜いた。少なくとも大公の気分は損ねなかったようだ。

大公はリィナを目を細めて見つめていたが、やがて大きく息をついた。

「……そなたの考えはよく分かった。よい友を得たな、テレーゼ・リトハルト」

大公の言葉にはっとして振り返ると、そこにはジェイドとメイベルと並んでこちらを見ているテレーゼが。彼女は満面に笑みを浮かべ、リィナに頷《うなず》いてみせた。

「いきなりごめんね、リィナ。大公様が、わたくしの世話係の人の意見も聞きたいと仰せになっていたの」

「……そういうことでしたか」

これは、大公にもテレーゼにも一本取られてしまった。

思わず苦笑するリィナ。その顔を、大公が目を細めて見つめていた。どこか、懐かしむような、何かを思い出しているような、そんな眼差《まなざ》しの彼はやがて口を開く。

「……リィナ・ベルチェ。官僚ということはそなたは平民だろうが、もしや、昔から頻繁《ひんぱん》に城に出入りできる身分だったか？」

振り返ったリィナは、首を捻《ひね》る。大公の質問の意図はいまひとつ読めなかったが、すぐに首を横に振った。

「わたくしの父は元官僚で現在は地方執政官の職に就いておりますが、両親共に貴族の血筋ではありません。よって、頻繁に公城に参上できる身分でもございません」

「……そうか。分かった。妙な質問をして、すまなかった」

そう言う大公だが、リィナの答えにあまり期待はしていなかったかのような口ぶりである。

そのまま彼はマントを翻し、侍従に「次は、ゲイルード公爵令嬢の部屋だ」と告げて去っていってしまった。

「……あー、緊張したわ！」

「何をおっしゃいますか。大公閣下の御前でも物怖《ものお》じせず、エコたわしの作り方をお教えするなんてテレーゼ様くらいにしかできませんよ」

「うふふ。これで大公様に少しでも、庶民が普段行っている節約術が伝わればいいんだけどね」

楽しそうにおしゃべりをするテレーゼとジェイド。

リィナは振り返り、やれやれとばかりに肩を落としたのだった。

6章　令嬢、なぜか巻き込まれる

「ジェイド、お願いしたいことがあるの。服を脱いで、脱ぎたてのシャツを私《わたし》にちょうだい」

「テレーゼ様、その発言はともすればとんでもない誤解を生みそうなので、まずはご説明を願います」

ジェイド・コリックは冷静に護衛対象に突っ込みを入れた。

テレーゼは右手に金属製のボウル、左手に謎《なぞ》の液体の入ったガラス瓶を手にしており、きらきらの眼差しでジェイドに迫っていた。状況を説明しなければ、テレーゼは男の使用済みシャツを収集するというたいへん変わった趣味を持つ女だと認識されてしまうかもしれない。

「はっ、それもそうね！　あのね、昨日の昼から熟成させておいた特製洗剤がさっき完成したのよ。主成分は重曹。人体にも環境にも優しいのよ！　せっかくだから効果を試したくてね。はい、服を脱いで」

「それはすばらしいですね。しかし、何も私のシャツでなくてもいいのでは？」

「それがね、これは皮脂の汚れ落としに特化しているのよ。私たちの中では肉体労働が一番多いジェイドなら、いい感じのシャツを着ていそうだからね。はい、服を脱いで」

「なるほど。そういうことでしたらちょうど、洗濯に出そうと思っていたシャツがあります。テレーゼ様に汚れ物をお渡しするのはたいへん気が引けますが、よろしいのですか？」

「私がいいと言っているのよ。それじゃあ、シャツを持ってきてくれる？」

「かしこまりました。テレーゼ様のお望みとあらば」

そうしてジェイドが洗濯前のシャツを持ってくると、「きゃーっ！　なんていい感じの汗と泥の汚れ！　あなたには才能があるわ。ジェイド、ありがとう！」と大喜びされた。いったい何の才能なのかは非常に気になるが、テレーゼが嬉《うれ》しそうなのでまあいいことにしておいた。

メイベルを連れて奥の部屋に向かった小さな背中を見送ったジェイドはふと、背後から視線を感じて振り返った。

そこには――いつの間にか到着していたのか、アッシュグレーの髪の女性官僚の姿がある。

「おはようございます、リィナ殿。ただ今テレーゼ様は重曹洗剤で洗濯をなさっています」

「おはようございます。それはいいのですが……ジェイド様」

「はい」

官僚服のリィナは鞄《かばん》を下ろし、じっとジェイドを見つめてきた。同い年だというのにテレーゼと目つきも鋭さもまったく違う赤茶色の目は、どこか疑うような眼差しをしている。

「……もしテレーゼ様が大公妃に選ばれたら、いかがなさるのですか」

静かで、それでいてしっかりとしたリィナの言葉に、ジェイドは目を見開いた。

聡《さと》いリィナのことだ。ただの気まぐれで質問したわけではないだろう。

ジェイドは奥の部屋で鼻歌交じりに洗濯をするテレーゼの方を見やった後、リィナの方を振り返った。その時には既に、いつもの穏やかな笑みを浮かべていた。

「もちろん、新たなる大公妃の誕生を、心よりお祝い申し上げます」

「……ジェイド様は、それでいいのですか？」

「はい。テレーゼ様の護衛として当然のことですよ」

ジェイドは笑顔で答え、リィナに背を向けた。

＊　＊　＊

レオン大公から、薔薇《ばら》の花が届いた。

テレーゼがそれを聞いたのは、午前中にしか咲かない薬草の花を求めてジェイドとメイベルと共に庭園をうろついた帰りのことだった。

「ただいま、リィナ！　大公様からお花が届いたって!?」

「お帰りなさいませ、テレーゼ様。こちらですよ」

リィナが示した先、テーブルに据えられたガラスの花瓶には、薔薇が生けられていた。摘みたてだからかどれもつぼみの状態だが、ほんのりと赤みを帯びた白いつぼみはほころびかけていて、昼頃《ごろ》には開花しそうである。

テーブルに頬杖《ほおづえ》をついたテレーゼは、目を瞬かせて薔薇を見つめる。

「へえ……開花したら、結構大きな花になりそうね。これ、なんていう種類の薔薇かしら」

「それは伺わなかったのですが届けに来た侍従曰《いわ》く、人肌に触れると開花が早くなる新種の薔薇だそうです。ですので、まめに触れて差し上げるとよろしいかと」

「つっつけば早く開花するのね。それはおもしろい薔薇だわ」

「大公様からの贈り物であれば、お礼の手紙などを送るべきではないでしょうか」

リィナに言われるままつんつんとつぼみを突《つつ》いていたテレーゼだが、メイベルの指摘を耳にして顔を上げた。

「ああ、そうよね。急ぐべきかしら?」

「いえ、侍従からはむしろ、開花した際の感想を聞きたいと伺っております。昼頃には咲くでしょうから、その後に手紙をしたためればよろしいのではないかと」

「それもそうね」

テレーゼは納得し、再び頬杖をついて薔薇のつぼみをそっと撫《な》でた。

つぼみも大きめで、花弁はかなり肉厚らしくしっかりしている。開花したらどのような見目になるのか楽しみである。


その後、薬草を乾燥させてポプリを作ったりしているうちに、昼になった。

「まあ、テレーゼ様! 薔薇が咲きましたよ!」

メイベルの声に、昼食を食べていたテレーゼははっと振り返った。見ると、メイベルがガラスの花瓶を持ってきてくれるところだった。

「ありがとう！……あら？　真っ赤になっちゃったのね」

一瞬、メイベルは別の薔薇の花を持ってきたのかと思った。それくらい、薔薇は赤みがかった白から艶《あで》やかな深紅へと劇的な色変わりをしていたのだ。

（リィナに言われたとおりにつっついているうちに、だんだん色が濃くなっているとは思っていたけれど……ここまでとはね）

「すごい変化ね……何か特別なものでも水に混ぜた？」

「少々栄養剤を混ぜましたが、他の花と同じものです」

そう答えたのは、花を生けてくれたリィナ。テレーゼの隣に座って茶を飲んでいた彼女も、メイベルがテーブルに置いた薔薇をしげしげと眺めている。

「時間経過で色が変わる薔薇を贈られたのでしたら、大公様はなかなか風流なお方ですね」

「そうね。他《ほか》の令嬢のところにも同じように薔薇を贈ったのかしら？」

「ちょうど今日はこの後、マリエッタ様とお約束をなさっていますし、その時に尋ねてみてはいかがでしょうか？」

メイベルの提案に、テレーゼは頷《うなず》いた。

マリエッタは部屋も近いので、二日に一度はどちらかの部屋でお茶を飲みつつ雑談をする仲になっていた。ちなみに一度ルクレチアも誘ってみたのだが、やんわりと断られている。勇気を出して誘ったのに断られたのは地味にショックではあったが、本人から丁寧なお詫《わ》びのカードが届いたので、仕方ないということにした。

昼食後、約束の時間通りにマリエッタがやってきた。いつもどこか緊張している様子のマリエッタだが、今日は珍しく最初から気分が高揚しているようだった。

彼女が興奮している理由は、テーブルに飾っている赤い薔薇を見た反応ですぐ分かった。

「まあ！　テレーゼ様には赤い薔薇が贈られたのですね！　実はわたくしの部屋にも今朝、薔薇が届いたのですよ」

「あら……でしたら、妃候《きさき》補には全員薔薇を贈っているということでしょうか？」

「ええ、わたくしも先ほど、薔薇が届いたとクラリス・ゲイルード様たちがお話しなさっているのを小耳に挟みました。ただ、わたくしの部屋に届いたのは純白の薔薇でしたね」

「そうなの？　実はわたくしのところに届いた薔薇も、最初は白っぽかったの。でも、触れているうちにだんだん赤くなっていって」

「……触れていると、赤くなったのですか？」

ふと、マリエッタの声が緊張を孕《はら》んだように感じられた。どことなく疑うような眼差しで見られ、テレーゼはどきっとしつつも頷く。

「え、ええ。てっきりそういう特殊な種類の薔薇だと思ったのですが……」

「……そう、ですね。もしかすると、令嬢によって贈る薔薇の種類を変えたのかもしれませんわ。わたくしも侍従の方から言われたとおり、朝からつぼみに触れていましたけれど、これといった変化は見られなかったのです」

マリエッタの言葉に、ひやっと胸が冷たくなった。

テレーゼの薔薇は、触れることで白から赤に変化した。

マリエッタの薔薇も白色だが、触れても変化せずそのまま開花した。

(……これって、どういうこと?)

眉間《みけん》に皺《しわ》を寄せ、嫌な汗でぬめる手をそっとハンカチで拭《ぬぐ》う。

不審に思っているのはマリエッタも同じのようで、彼女は紅茶を飲み干すと、立ち上がった。

「……少し、調べものをして参ります」

「えっと……それは、薔薇についてですか?」

「はい。すぐに戻りますので、少しだけ席を外してもよろしいでしょうか?」

「……構いません」

いつも遠慮がちのマリエッタにしては、はっきりとした物言いである。

彼女を止めるいわれもないので、テレーゼは緊張しつつマリエッタが去っていくのを見送るしかできなかった。

(……マリエッタ様は、薔薇の色が変化した話をした辺りから様子が変わられたわ)

テレーゼは重いため息をつき、テーブルの上で生き生きとしている赤い薔薇を半眼で眺める。

あいにく、リィナは官僚の仕事をしに行っているし、ジェイドは定例報告会中だ。メイベルは続き部屋にいるのだが、薔薇を受け取ったのも侍従の伝言を聞いたのもリィナなので、メイベルに相談してもお互い不明な点が多すぎるだろう。

マリエッタは、間もなく戻ってきた。びくっとしながら彼女を迎えたテレーゼだが、マリエッタの表情は先ほどよりずっと落ち着いている。

「お待たせしました。……実は今の間に、わたくしが実家から連れてきた侍女から調査結果の報告を受けておりました」

「調査……ですか？」

「はい。白い薔薇《ばら》が令嬢たちの部屋に贈られたと聞いて、朝のうちに調査を入れておきましたの」

そう言ってマリエッタはソファに座り、おっとりと微笑《ほほえ》んだ。

「侍女の話によりますと……大公閣下が贈られた薔薇は予想通り、数種類あったようです。クラリス・ゲイルード様たちもテレーゼ様と同じく、白かったつぼみが昼には真っ赤になっていたそうです。他《ほか》の方の薔薇もピンクやオレンジなど、いろいろな色に変わったとの報告を受けました」

「えっ、それじゃあ……」

「はい。薔薇が赤くなったのはテレーゼ様だけではありません。おそらく、つぼみの段階では白のままなのか別の色になるのか分からない、びっくり箱のような薔薇だったのでしょう」

（そ、そっか。そういうことだったのね）

マリエッタの報告を聞き、とたんに体中から力が抜けてテレーゼはソファにのびてしまう。

（てっきり、私《わたし》だけ特別な何かだったのかと不安になったけれど……それなら、大丈夫よね）

「大公様も粋なことをなさるわね……」

「そうですね。……ああ、ちなみにわたくしの薔薇にもちょっと変化が見られたのです」

「えっ、色が変わったの？」

「はい。先ほど戻った際に見てみたらほんのりと色の変化がありまして……是非、テレーゼ様にも見ていただきたいのです」

それはおもしろそうだ。

テレーゼの薔薇は徐々に赤色に変化したが、マリエッタの薔薇はもしかすると、遅れて色の変化が見られたのかもしれない。オレンジや黄色、薄紫などの色に変化する様を見守るのも楽しそうだ。

テレーゼもすっかり元気を取り戻し、笑顔で立ち上がった。

「ええ、是非とも！……メイベル、そういうことでちょっとマリエッタ様の部屋にお邪魔してくるわよ！」

続き部屋のメイベルに呼びかけると、だいたいのことを聞いていていたらしいメイベルが顔を出し、笑顔で頷《うなず》いた。

「かしこまりました。……今、手土産のお菓子を選んでいるところです」

「さすがメイベル、仕事が早いわ！」

「どういたしまして。……はい、できました」

メイベルは手際よく菓子を選んでバスケットに盛ってくれた。

「わたくしも同席しますが、よろしいでしょうか？」

「もちろんです。精一杯もてなさせてくださいね」

メイベルの問いにもマリエッタは快く頷いてくれた。

高い天井に、磨き抜かれた床。壁際の棚に据えられているのは、年代物の置物たち。

毎日使用人たちが丹誠込めて掃除をしているおかげで汚れひとつない廊下を、難しい顔をしたいかつい男が歩いていた。もともとその体躯《たいく》と精悍《せいかん》な顔つきのわりに穏やかな表情をしていることの多い彼だが、今の彼は話しかけづらくなるような気配を纏《まと》っており、すれ違った者たちも何も言わず、そそっと彼のために道を譲っていた。

「……あら、定例報告会でしたか。お疲れ様です、ジェイド様」

そんなジェイドに怖気《おじけ》づくことなく声を掛ける女性が、一人だけいた。

ジェイドが振り返るとちょうど、廊下の角を曲がって若い女性が歩いてきているところだった。ひとつに結わえたアッシュグレーの髪を揺らし、紺色の官僚服を纏う彼女はその場で一礼する。

「ああ、リィナ殿ですね。そちらも官僚の仕事をしてきたのでしょうか。お疲れ様です」

「……ずいぶんと騎士たちの動きが活発のようですが、何か特別な報告でもあったのでしょうか？」

そう呟《つぶや》くリィナは、ちょうど脇《わき》をすれ違っていった騎士を見送る。彼は、別の令嬢の専属護衛になっている騎士だ。なにやら急いだ様子で令嬢の部屋に向かっている模様である。

ジェイドは渋い表情のまま頷き、リィナと並んでテレーゼの部屋までの道を歩く。

「お察しのとおり、少し特殊な報告がございました」

「まあ……さてはそれは、今朝贈られた薔薇関連ですか？」

「鋭いですね、そういうことです」

今朝、レオン大公は全《すべ》ての妃《きさき》候補たちに純白の薔薇のつぼみを贈った。侍従には、「人肌に触れることで開花が早まる、ということを令嬢たちに伝えるように」と伝言していたのだという。

そしてジェイドたちは昼の定例報告会で、薔薇を贈った理由を通達されたのだ。他《ほか》の騎士たちも、自分の護衛対象の薔薇に異変がないかを確認するために急ぎ部屋に戻っていたのである。

「定例報告の内容は、わたくしたちに教えてくださるのでしょうか」

「……いえ、特例を除いて護衛騎士のみで内密に、ということですので、申し訳ありませんが――」

「いいえ、そんなことだろうと思っていましたので、お気になさらず」

テレーゼの付添人兼教育係は聡《さと》く、物分かりもいい娘だ。テレーゼ自身は自分があまり賢くないと思っているようだが、人選には間違いがなかったようだ。

やがてテレーゼの部屋に到着したのでノックするが、返事がない。

「メイベル殿を連れて、散歩にでも出ているのかもしれませんね」

リィナの言葉に同意を示し、ジェイドは合《あ》い鍵《かぎ》で入室した。

そして――

「……っ⁉」

かしゃん、と彼の手から鍵束が滑り落ちたので、上着を脱ごうとしていたリィナが怪訝《けげん》そうな顔を向けてきた。

「ジェイド様？」

「こ、この薔薇は――⁉」

リィナがしゃがんで鍵を拾ってくれるのにも気を留めず、ジェイドは大股《おおまた》でテーブルに歩み寄った。

そこに据えられているのは、見事な薔薇が飾られた花瓶。薔薇の花びらは今や、鮮血のごとき濃い赤色に染まっていた。

「それが、大公閣下から贈られた薔薇ですよ。……時間が経《た》てば経つほど、赤くなっていっていますね」

「ということはやはり、この薔薇はもともと白かったのですね⁉」

「え？……え、ええ。わたくしが受け取ったときには真っ白でしたよ」

困惑気味にリィナが答えるが、ジェイドは目を見開き、深紅の薔薇を見つめていた。

「リィナ殿が受け取ったときには……？」

「はい。そうしているとだんだんと色づいてきて――」

「リィナ殿」

ジェイドの真剣な声に、リィナは怪訝そうに顔を上げる。そして――彼が告げた「言葉」を耳にしたとたん、紅茶色の目が限界まで見開かれた。

「そ、そんな……」

「こんな時に限って、テレーゼ様はどこに……⁉」

ジェイドがテレーゼの名を呼びながら部屋を探し回る間、リィナは難しい顔をして黙り込んでいた。

「……薔薇が赤くなる？　いえ、でも確か、テレーゼ様にお見せしたときには――」

「おい、ジェイド・コリック！」

そこに、顔見知りの騎士が部屋に顔を覗《のぞ》かせた。そういえば、ドアを開けたままだった。

騎士は、マリエッタ・コートベイル伯爵令嬢の専属だ。ジェイドよりも三つほど年上の彼はいつもは飄々《ひょうひょう》としているのだが、今は焦りを隠せない様子である。

「何ですか。今は忙しいので――」

「おまえのところの令嬢付きの侍女が、こっちの部屋で倒れているんだ！　揺すっても気付け薬を嗅《か》がせても目を覚まさないんだよ！」

騎士の言葉に、ジェイドとリィナは顔を見合わせた。

……嫌な予感しか、しなかった。

＊　＊　＊

髪が引っ張られる痛さに、テレーゼはうめき声を上げた。

「……おい、目が覚めたのか」

「ひええ……私の髪は……桃の味なんてしないからぁ……」

「どういう夢を見てるんだ、あんた」

呆《あき》れたような声に、テレーゼははっとした。訛《なま》りのきつい、知らない男性の声。

ついさっきまでテレーゼは、もじゃもじゃした毛糸のモンスターに髪を食《は》まれる夢を見ていた。どうやらテレーゼのローズブロンドの髪の毛が桃の味がするらしく、必死になって逃げ回っていたのだが――

ぱかっと目を開いて視界に飛び込んできたのは、知らない男性の顔と煤《すす》けた天井。

「おい、起きたなら――」

「ぎゃあああああ!? 食べないでぇぇぇぇぇ!?」

「食うわけねぇだろ！ 黙ってろ！」

すかさず大きな手のひらで口を覆われ、悲鳴は口の中に逆戻りしていった。

もがもがと抵抗するが、両手両足が動かない。縛られている――と気付くまで、さほど時間は要しなかった。

見知らぬ男は、目が覚めて状況を察することで暴れるのを止《や》めたテレーゼを見、手を離した。

「あんたが怪我をしたら取引材料にならなくなるからな、せいぜいおとなしくしていろよ、未来の大公妃様」

「……はい？」

素早く辺りに視線を走らせていたテレーゼは、男の口から放たれた妙な単語に、きょとんと目を瞬かせた。

（大公妃様？ 私のこと？）

「……何を言っているの？」

「あ？　あんたがよく知ってるんじゃないのか？」

「正直よく分からないので、教えてください」

「はぁ……まあ、知っとかないと交渉の場にも立てねぇだろうからな。仕方ねぇ」

男はぽりぽりと頭を掻《か》いた後、テレーゼの首根っこを掴《つか》んでひょいっと起こしてくれた。両手両足を縛られているため、それまでは陸に打ち上がった魚のようにビッタンビッタンと跳ねることしかできなかったテレーゼは床にぺたんと座り、そわそわと辺りを見回す。

ここは、どこかの倉庫のようだ。ほぼ立方体の部屋で、灰色の壁はおそらく石製。壁際には古びた木箱やまっぷたつに割れたテーブル、少し力を入れて引っ張っただけで千切れそうなほど朽ちたロープなどが乱雑に置かれている。窓はないものの、ドアはある。だがドアまで這《は》っていくのも困難だろうし、そもそもこの見張りらしき男がいるので脱出は許されないに決まっている。

ちなみにテレーゼは石の床に直接ではなく、薄手のマットの上に寝かされていたようだ。石の床は冷えるし寝転がった際には体にもよくないので、布一枚だけでも敷いてくれていて助かった。

(私は……どこかに、捕らえられている？)

テレーゼを起こした男は、シャツの上に革の胸当てを着けていた。腰には騎士剣よりは刀身の短い剣を下げている。帯剣しているものの、どことなく漂う粗野な風貌《ふうぼう》からして騎士ではないことは明らかだ。

「あんたをこれから、アクラウドの大公との交渉の場に連れて行く。あんたがすべきなのは、『死にたくない』って涙ながらに訴えること。これだけだ」

助命を訴えるだけの、誰《だれ》にでもできる簡単なお仕事です。日給百ペイル。

テレーゼは眉《まゆ》をぎゅっと寄せ、男をじとっと睨《にら》みつけた。

「……私《わたし》のことを大公妃と呼んだのは、どうして？」

「あ？　あんた、大公の妃《きさき》に選ばれたんだろう？」

「知らないわよ。そんなの、誰が言ったのよ」

「そりゃあ――」

言いかけた男だが、はっとしたように目を見開いて口を閉ざした。これ以上しゃべると不利になると分かったのか、男はそっぽを向いてしまう。

（……残念。名前を聞き出してやろうと思ったのに）

舌打ちをしたい気持ちを抑え、テレーゼはじっと男の後頭部を見つめた。

わけの分からない状況ではあるが、ここで泣いて怯《おび》えるだけのテレーゼではない。過去には城下町を探検していて路地裏に迷い込み、怪しいお兄さんたちに追いかけ回されたことも、かくれんぼで入った木箱が輸出用だったらしく運び出され、あやうくテレーゼまで外国に出荷されてしまいそうになったこともある。

女は度胸。ここは、お兄さんに追いかけ回されたことや輸出されそうになった経験を活《い》かさなければならない。

（この人は、私のことを「未来の大公妃」と呼んだわ。そしてさっきの反応からして、私が次期大公妃になった「らしい」という情報は、誰かが持ち込んだ様子）

さらに彼は先ほど、レオン大公のことを「アクラウドの大公」と呼んだ。アクラウド国民であれば、自国の君主のことを「アクラウドの」のような語を付けて呼ぶはずがない。国民が大公を呼ぶ時の名は、「レオン様」「大公様」「大公閣下」のいずれかなのだ。

（つまり、この人は異国人。それに、この人の独特の訛《なま》りは、城下町で聞いたことがあるわ）

城下町でこの訛りを使っていたのは確か、異国の商人だった。気になったテレーゼが聞いたところ、彼はアクラウド公国に来て長いものの、いまだに故郷の訛りが抜けないのだと苦笑していた。ブドウワインを格安で購入するために話をした、彼の故郷とは――

「バルバ王国」

テレーゼの声に、男の背中がぴくっと揺れた。

「アクラウド公国を併呑《へいどん》しようと企《たくら》むバルバ王国は、私が大公様の妃に選ばれたと知って誘拐を企てた。さっき言っていた『交渉』というのは、私の命の代わりに国を差し出せと大公様を脅すための計画」

「な、なんでそれを……あんた、のほほんとしたお馬鹿令嬢じゃなかったのか!?」

「えっ、当たっていたの!?」

半分くらいは勘だったのだが、どうやらものの見事図星だったようだ。テレーゼに策略を見抜かれたと思って動揺している男を見ていると、逆に申し訳ないような気持ちになってきた。

テレーゼの当てずっぽうに振り回されたと知り、もともといかつめだった男の顔がさらに険しくなっていく。

「ごめんなさい、まさか図星だとは思っていなかったの。悪気はなかったわ」

「うっせぇ！　黙っていろ！」

「分かりました」

素直に謝ったのに、怒鳴られた。そういうわけでテレーゼはおとなしく、状況把握に努めることにした。

（私は……マリエッタ様の部屋に入った瞬間、後ろから拘束されて気を失った）

マリエッタが受け取ったという薔薇《ばら》を見に行こうと、メイベルを連れてマリエッタの部屋に向かったのだが、気が付いたらこの倉庫で縛られている。

（マリエッタ様が、私を捕まえた――）

考えたくはない。

だが、今日のマリエッタは明らかに様子がおかしかった。とりわけ、大公から贈られた薔薇の話になると目の色が変わっていたし、いったん部屋に戻った後に再びやってきた時には、それまでの動揺が嘘《うそ》のように落ち着いていた。

（あの薔薇は、大公妃を選ぶための道具だった……？　マリエッタ様は、薔薇の色を白から赤に変えた私が未来の大公妃だと気付いて捕らえた、ということ――？）

物事の道筋は簡単に想像が付く。だがそれでも、あの華奢《きゃしゃ》で優しいマリエッタがそのようなことを考えていたとは、思いたくない。

（私が、大公妃……）

視線を落とす。背中側に両手を縛られているので、まともに体を動かすこともできない。声を上げようにも、「黙っていろ」と一喝されるだけだろう。

これから、自分はどうなるのだろうか。

先ほど男が言っていたように──そしてテレーゼが思いがけず図星を指してしまったように、バルバ王国がアクラウド公国を脅すための材料にされてしまうのだろうか。

そう悶々《もんもん》と考えていると、外側からドアの鍵《かぎ》が開けられる音がし、軋《きし》んだ音を立てて開いた。

どうやらこの倉庫の外は屋外らしい。男が邪魔なのでよく見えないが、外はほんのりと明るい。少なくとも夜ではなさそうだ。

だが、テレーゼの意識はすぐに、ドアを開けた人物に集中してしまう。

「……あら、目を覚ましていたのね」

ドアの枠に寄り掛かった「彼女」はそう言って、薄く笑う。

「明日の朝までに起きてくれればよかったのだけれど……まあ、そんな状況じゃ何もできないでしょうね」

「……どうしてこのようなことをなさったのですか、マリエッタ様」

声が、かすれていた。

きっとそうだ、という思いと、何かの間違いだったらいいのに、という思いでぐらついていた心が、哀れな音を立てて潰《つぶ》れる。

酷薄な笑みを浮かべる女──ドレスを脱ぎ捨て、全身漆黒の動きやすそうな衣装を纏《まと》ったマリエッタ・コートベイル伯爵令嬢は、くすくすと馬鹿にしたように笑った。

「どうして、ですって？　本当に、お馬鹿で能天気な女ね」

「お嬢。この小娘、我々の所属に察しが付いたようです。思ったよりも馬鹿ではないかと」

「あら、そうなの？　ただの馬鹿だと思っていたわ」

マリエッタにしても見張りの男にしても、これほどまで馬鹿馬鹿言わなくてもいいではないか。

むっとしつつも、テレーゼはなけなしの威勢を張ってマリエッタを睨み上げる。

「……ひとつだけ、正直に答えて。メイベルはどうしたの？」

「メイベル？　ああ、あなたの侍女ね。あれなら邪魔だけど始末する時間はないから、部屋に転がしておいたわ」

ということは、メイベルが生きている可能性は高い。

生まれた時から面倒を見てくれた大切な侍女の命はひとまず安全だろうと知り、ほんの少しだけテレーゼの体から緊張が解ける。

（メイベルは無事に保護されることを祈るしかないわ。……今は、私自身もまずい状況だものね）

マリエッタは、敵だ。この様子からして誰かに脅されているというよりは、彼女が主体となってテレーゼの誘拐計画を実行したのではないだろうか。

（そういえば、バルバ王国はもともとアクラウド公国から枝分かれしてできた国家だから、アクラウドの貴族の中にもバルバの血筋の者がいてもおかしくないのね）

以前習った内容が頭の中によみがえる。

だとすれば、マリエッタは最初からバルバ側の人間で、次期大公妃をいち早く見つけるために妃候補たちの中に交じったのではないだろうか。彼女は「お父様の命令で城に上がった」ように言っていたので、父親もグルなのかもしれない。

（……でも、残念だったわね）

「……何かとんでもないことを企んでいるようだけれど、私を交渉の場に出したってどうにもならないわよ」

「へえ、どうしてそんなことを言えるの？」

「私は大公妃じゃないもの」

「この期に及んでそんなことを言うの？　あの薔薇は、アクラウドの大公が自分の妃を見つけるために妃候補へ贈ったもの。あの薔薇を白から赤に変えられたのは、あなただけ」

そうだったのか、とテレーゼは唇を噛《か》みしめる。

他《ほか》の令嬢の薔薇も様々な色に変わった、というのはテレーゼを油断させるためにマリエッタがついた嘘。白い薔薇を唯一赤に変えられた令嬢――それが大公妃に選ばれた証《あかし》なのだとマリエッタは判断したのだ。

（私が大公妃なんて……いえ、そんなことをぐじぐじ考えていても仕方ないわ）

テレーゼは胸を張り、つんと唇を尖《とが》らせた。

「大公様は、正しい判断を下してくださるわ。私が大公妃だろうと何だろうと、私一人を材料にして脅したって無意味よ」

「……あらら。少しは賢いと思ったけれど、まだまだみたいね」

マリエッタの呆《あき》れたような声に、図太さに自慢のあるテレーゼも不安になってきた。

（……どういうことなの？）

もぞもぞと足を動かし、座り直す。

テレーゼが大公とまともに話をした回数は、たったの二度。あまり感情豊かではないし何を考えているのかわかりにくいところはあったが、頭の回転は速そうだしテレーゼのよさを見出《みいだ》してくれるだけの優しさと寛容さ、鋭い感性は持ち合わせているはずだ。

一国を担う大公が、たとえ自分の妃になる資格を持つ女性といっても、たった一人の命をぶら下げられたからといってなびくはずがないのに――どうしてマリエッタは余裕の表情をしているのだろうか。

マリエッタはテレーゼを見下ろし、ふっと鼻で笑った。これまでの彼女からは想像もできないくらい、粗野な仕草である。

「あなたを前にしてどのような反応をしようと、大公に勝ち目はないのよ。どう状況が動こうと、必ず我々にとって最良の結果に結びつけることができる。そうでないと、お父様の代から着実に固めていた伯爵家の身分を棒に振ってまでして、あなたを誘拐するはずないでしょう？」

（マリエッタ様たちは、身分を捨ててでも作戦を決行した――）

テレーゼは先ほどのマリエッタの言葉を思い出す。

彼女はメイベルについて、「時間がないから部屋に転がしておいた」と言っていた。いくら急いでいたにしても、メイベルをどこかに隠したり殺《あや》めたりしないということは、メイベルが騎士たちに保護されることを見越しているはずだ。

（メイベルが気絶させられていたとしても、マリエッタ様の部屋に招待されたということは分かっている。メイベルの証言で、伯爵家の悪行が明るみに出てしまう……）

それでもいい、ということなのだろう。

伯爵家の立場を捨ててでも、マリエッタは次期大公妃誘拐を成功させなければならなかった。そして誘拐さえできれば必ず、「最良の結果」に結びつけることができるという。

（……そうだ、リィナと勉強している時、各国のいろいろな政変について教わったわ）

一国の君主が何かを人質にされ、脅されるのは——残念ではあるが、よくある話なのだ。脅迫が成功するか君主が勝つかは時によって違ったが、その内容を考えれば——

「……あなたたちは、『未来の大公妃の命が惜しければ、投降せよ』と大公様に交渉を持ちかける」

テレーゼの静かな声に、マリエッタが顔を上げた。何も言わずに黙っていることから、テレーゼの次なる言葉を待っているようだ。

「大公様が要件を突っぱねれば、あなたたちは私をその場で処刑する。そうすればあなたたちは、『大公は未来の花嫁をあっさり見殺しにした』と吹聴する」

そうすれば、たとえアクラウド公国を守ることはできても大公は花嫁殺しとして噂《うわさ》され、信頼も失墜する。

では、彼が要件を呑《の》めば？

「万が一大公様が要件を呑《の》んだとすれば、『大公は未来の花嫁の命惜しさに国を差し出した』と言いふらす。……どちらにしても、私《わたし》を捕らえた以上大公家の信頼は失われ、バルバ王国派の口車に乗せられて公国は危機にさらされる。……大公に勝ち目がない、と言ったのはこういうことだったのね」

「……これは驚いたわね。あなた、馬鹿なのか賢いのかどっちなの？」

「素敵な教育係や護衛たちのおかげで賢くなれたわ」

そうして脳裏に浮かび上がるのは、ジェイドやリィナ、メイベルの顔。そして、屋敷で帰りを待ってくれている家族の顔。

（会いたい）

彼らが待っているあの温かい部屋に戻りたい。いつも農作業着姿の父親や凛《りん》とした母親、かわいい弟妹たちのいる家に帰りたい。

そう願っても、叶《かな》わない。

テレーゼの予想が当たっているのならば、どちらにしても崩壊の未来しか待っていない。大公が却下すればテレーゼは死ぬだろうし、もし彼がテレーゼを救ってくれても、「おまえのせいで、大公国はバルバに奪われた」と噂《うわさ》され針のむしろに立たされるだけだ。

（私がほいほいとついていかなければ――せめて、ジェイドが戻ってくるまで待っていれば……！）

己の浅慮を悔やむが、後悔しても遅い。

「いろいろ考えているようだけれど、かわいそうに。夜が明ければ、交渉が始まるわ。既にお父様は大公に手紙を送っている。今頃《いまごろ》公城では、あなたを見捨てるか救うかで会議でもしているんじゃないかしら」

おほほ、と高笑いするマリエッタをじっと睨《にら》む。

「……大公様は、最善を尽くされるわ」

「何も知らない貧乏貴族のくせに、よく言えるわね」

「あなたよりはずっと、大公様のことを知っているつもりよ」

なにせテレーゼはマリエッタと違い、大公と一対一での話をしている。

自分に大公妃の器があるとは思えないが、少なくとも――レオン大公はその場の感情で物事を判断する人ではないと思う。そして、できることならテレーゼも国も救う決断をしてくれるのではないだろうか。

マリエッタはテレーゼの言葉に気分を害したようで、「……吠《ほ》えてなさい」と言い捨て、去っていった。見張りの男がドアを閉めて鍵《かぎ》を掛け、「もう黙っていろ、あんた」と苦々しく言ってきた。

マリエッタを怒らせるなと忠告しているのだと受け止めれば、案外彼は親切な人なのかもしれない。

テレーゼは大きく息をつき、煤《すす》けた天井を見上げた。

――明日、テレーゼの、そして大公国の命運が決まる。

(……怖がって泣くわけにはいかないわ。最後の最後まで、私なりに抵抗してやる!)

煤けた天井を見つめるテレーゼの目には、強い光が宿っていた。

7章　令嬢、空に舞う

夜が明けた——ようだ。

倉庫に監禁されていたテレーゼは見張りに呼ばれて、もぞもぞと毛布の中から体を起こした。一応毛布はきれいだし手の紐《ひも》を切って最低限の食事もさせてくれたが、熟睡することも食事の味を楽しむこともできなかった。

（これから、交渉が始まるのよね……）

マリエッタ曰《いわ》く、大公にとって勝ち目のない交渉が。

間もなくマリエッタが使用人らしき女性を伴ってやってきて、テレーゼに顔を洗って体を拭《ふ》き、きれいなドレスに着替えた後化粧までするよう命じてきた。

「……どうして化粧までするの？」

足を縛る紐も切られ、無口な使用人にされるがまま、ぬるめの湯で体を洗われていたテレーゼが無気力に問うと、部屋の隅の椅子《いす》に座って様子を見ていたマリエッタはふっと鼻を鳴らした。

「そんなの、国民へのアピールに決まっているわ」

「アピール？」

「ぼろを纏《まと》った女より、きれいに着飾った女の方が見栄《みば》えがいい。そんな女が必死に嘆願したら皆の同情を集められるし、こっちにとっては都合がいいのよ」

「それなら化粧なんていらないわ。すっぴんで行くわ」

「……あなた、交渉云々《うんぬん》を差し引いてでも、その発言は貴族の女としてどうかと思うわ」

「すっぴんで行く」発言を聞いたマリエッタは、さすがに引いているようだ。バルバ王国の手先といっても生粋の貴族である彼女からすれば、すっぴんで人前に出るなんてとんでもなく恥ずかしいことなのだろう。

なぜか敵に窘《たしな》められたりしつつ、テレーゼはむすっとしたままドレスを着せられ、化粧も施された。その間、マリエッタはテレーゼに横顔を向け、あさっての方向を見つめていた。華やかなドレス姿から黒衣に替わった彼女だが、よく見ると茶色の髪をまとめているべっ甲細工のバレッタだけはそのままだった。

「……マリエッタは、次期大公妃を見つけるために私に近づいたの？」

問うと、マリエッタは鼻に皺《しわ》を寄せて嫌そうな顔をした。

「……そうよ。大公はどうやら、正義感が強くてはきはきものを言う女が好みらしいからね。クラリス・ゲイルードやあなたあたりに目星を付けていたのだけれど、正解だったわ」

ということはやはり、マリエッタと親しくなれたのも彼女の策略だったのか。

妃《きさき》候補の中で初めて仲のいい人ができた、と無邪気に喜んでいられた過去の自分が恨めしい。

間もなく使用人はテレーゼのメイクを終え、一礼して去っていった。彼女は最初から最後まで沈黙を貫き、一言たりともしゃべることはなかった。

「さて、そろそろいい時間ね」

懐から出した時計で時間を確認したマリエッタが立ち上がり、ドアの方をくいっと親指で指し示す。

「出なさい。外に馬車を待たせているから、四の五の言わずに乗ること。暴れたっていいことにはならないからね」

有無を言わせぬ響きだ。渋々立ち上がり、テレーゼは開け放たれたままのドアから外に出た。

ここはどうやら、郊外の森林地帯らしい。木々は朝日を浴びて葉を輝かせており約半日ぶりに外気を吸えたが、心を落ち着ける余裕はない。目の前には、頑丈そうな鉄の檻《おり》が待ちかまえていたのだ。

「……馬車って言わなかった？」

「どこからどう見ても馬車じゃない」

「これは檻じゃない？」

「檻を改造した馬車よ。さっさと乗りなさい」

いらいらしたようなマリエッタにせっつかれ、テレーゼは渋々馬車に乗り込んだ。馬車を囲む武装した男たちに手を出されたがそれに甘えず自力で這《は》い上がったのは、テレーゼなりの意地の表れである。

無骨な鉄格子で囲まれた正方形の部屋は、一応上から帆布のような厚手の布で覆われている。大型の幌馬車《ほろばしゃ》に見えなくもないだろうが、布は紐で引っ張られ馬車の床の裏でくくりつけられているだけなので、紐を外せば布が落ち、衆人の中で見せ物の動物のようにさらされてしまうだろう。

一度対象を中に入れてしまえば、現地まで到着し次第布を外して交渉に持ち込める。テレーゼは効率がいいことが大好きだが、これに関して喜ぶことはできなかった。

テレーゼが乗り込むと檻の戸が閉められ、布を被《かぶ》せられたため辺りはあっという間に暗くなった。布の隙間《すきま》からわずかに光が差し込んでいるが、手を伸ばして布を捲《まく》り上《あ》げようとしても、紐で固定されているためびくともしない。

やがて、馬車が動き出した。中途半端な姿勢で布を引っ張っていたテレーゼは馬車の揺れを受け、ころんころんと木の床の上を転がっていく。

(……このまま、公城まで連れて行かれるのよね)

うまい感じに転がったため頭をぶつけることは避けられたテレーゼは、真っ暗な闇の中でむうっと唇を尖《とが》らせた。

(大公様なら賢明な判断を下してくださるはずよ。でも……できることなら、皆に累が及ぶことだけは避けたいわ)

テレーゼが捕まり交渉の材料にされたことで、リトハルト家の家族たちが罪に問われること。もしくは、次期大公妃であるテレーゼを守りきれなかったとしてリィナやジェイド、メイベルたちが罰を受けること。

(これは、私の失敗。……でも、どうしようもないわ。せめて、バルバ王国派と交渉をする大公様の邪魔だけはしないようにしないと……)

倉庫は、思ったよりも公都に近い場所にあったようだ。

しばらくはガタガタと不安定に揺れていた馬車はやがて、舗装された道に入ったようだ。そしてややもすれば、人のざわめきがかなり近いところから聞こえてくるようになった。城下町に入ったのだろう。

誰《だれ》かの怒声も聞こえるが、「次期大公妃がどうなってもいいのか！」と男が脅す声で怖《お》じてしまったのか、テレーゼの乗る檻に近づけた者はいないそうだ。

馬車が、停まる。膝《ひざ》を抱えて座っていたテレーゼの体が慣性に従ってころんと前方に転がった。もぞもぞと体を起こそうとしたとたん、外部から響いてきた声にテレーゼはぴくっと体を震わせる。

「レオン・アクラウド大公！　約束の刻限だ。よい返事を準備してきただろうな？」

これは、テレーゼの知らない男性の声だ。だが周りにいるらしき国民たちから、「あれは、コートベイル伯爵……？」と呟《つぶや》く声が上がったのが聞こえた。コートベイル伯爵――マリエッタの父親のようだ。

せめて不満を表そうと爪《つめ》を立ててカリカリと覆いの布を引《ひ》っ掻《か》くが、ちょっと離れたところで外部から布を叩《たた》かれた。「黙れ」ということだろう。

「この馬車の中には、次期大公妃がいる。昨夜手紙で伝えたとおり、そなたが大公家の名を捨て、バルバ王国に統治権を譲与することを確約するのであれば、未来の花嫁は無事に返そう。だが、断ればこの女の命はないものと思え！」

まさに、マリエッタが示していたとおりの展開が始まっていた。

周りで民衆がざわめく声がするが、「黙っていろ！」「大公妃が死んでもよいのか⁉」と脅されて渋々引き下がったようだ。

（外部からの助けを求めるのは不可能……かしら。だとすればやっぱり、大公様の判断を……ひ、ひえっ⁉）

——にわかに目の前が真っ白な光で包まれ、テレーゼは思考を停止して思わずのけぞってしまった。

それまで檻を囲んでいた布が一気に取り払われ、闇に慣れていたテレーゼの目が朝の日差しをまともに浴びてしまったのだ。

（うぐっ……！　せ、せめて一声掛けるとか、ちょっとずつ開けるとかしてくれればいいのに……！）

しばらくの間まともに目を開けられず顔を両手で覆っていたテレーゼだが、檻の扉が開く音に続き、何者かに強引に体を引っ立てられた。

「おい、顔を伏せるな。おまえのかわいそうな顔を大公に見せるんだよ」

「くっ……この、極悪人——！」

恨み言を吐くが、相手はお構いなしにテレーゼの手を顔から引っぺがしてロープでまとめ、檻からずるずると引っ張っていく。

いまだに目が日光に慣れないテレーゼは両目を固く閉ざし、生まれたての小動物のように顔をしかめたまま皆の前に引きずり出された。

「……不細工な顔をするな。大公の関心が薄れたらどうする」

「不細工で悪かったわね。誰《だれ》のせいだと思っているのっ」

呆《あき》れたような声で言われたので、いーっと歯を剥《む》き出してやる。

（私《わたし》は元気、無事だということを大公様に伝えなければ）

マリエッタたちは、テレーゼが泣いて助命を訴えることを期待しているようだが、そんなことをしても大公の足枷《あしかせ》になるだけだ。

（交渉に水を差すくらいなら、私にできる形で足掻《あが》いてやるわ！）

だんだんと目も光に慣れてきたので、そっとまぶたを開く。

そこは、公城前の広場だった。毎年春には花祭り、秋には収穫祭が開かれる煉瓦《れんが》広場は今、黒尽《ず》くめの衣装を纏《まと》った人間であふれ、広場を取り囲む民衆たちを威圧していた。

テレーゼたちは舞台のようなものの上に立っているようで、馬車から出ると、目の前にそびえる白亜の公城をしっかりと目に焼き付けることができた。

そんな公城の正門前に佇《たたず》む、一台の馬車。

祭りの際に大公家の者が乗ってパレードに参加できるよう、車高が高く天井を外した開放的な造りの馬車には今、金髪の若者の姿があった。テレーゼの位置からはその表情まで読み取ることはできないが、馬車の枠からはみ出るほど長いあのふわふわマントを纏うのは間違いなく、大公だ。

四方に騎士を控えさせて佇む大公は、檻から引きずり出されたテレーゼを見てどう思っただろうか。

「さあ、大公。考える時間は十分に与えてやったはずだ。答えを聞かせてもらおうか！」

朗々と告げるのは、テレーゼの横に立つ大柄な中年男性。彼がコートベイル伯爵のようだ。

広場に集められた国民たちが一斉に静まりかえり、大公の方へと注目する。彼らも、大公がどのような反応をするのか——バルバ王国派の要件を呑《の》むのか蹴《け》るのか、固唾《かたず》を呑んで見守っていた。

両手を後ろ手に縛られそのロープの先を男に握られているテレーゼは、せめてもの意地として虚勢を張っていたが、内心は不安で仕方ない。

（大公様、どうかご英断を……）

助かりたい。こんなところで死にたくない。

でもそれ以上に……自分のせいで大切な人たちが辛《つら》い思いをしたり、悲しんだりする方がずっと怖い。

誰も傷つかず、国をも守れる方法。そんな手段はテレーゼの脳ではとうてい思いつかないが、頭脳明晰《めいせき》で知られる大公であれば——

馬車の上に立つ大公が、ゆっくり口を開いた。その時——

「……お待ちなさい！」

裂帛《れっぱく》の声が広場に響き渡る。皆目を瞬かせ、声のした方を見やった。

それまで大公とバルバ王国派ばかりに気を取られていたが、開け放たれたままの王城の正面扉から今、華やかなドレスを纏った令嬢たちが続々と飛び出してきていた。侍女も騎士も付けずに自らの足でずんずんと広場まで下ってくる美しい娘たち。

「なにやら、とんでもないことが始まっているようですけれど……ひとつ、申したいことがございます」

令嬢たちの先頭に立っていた美女が朗々とした声を上げた。彼女は大公の脇《わき》を通り過ぎ、ぽかんとする国民たちの視線を受けながら、うろんな眼差《まなざ》しの隣国派たちの前に進み出る。

先頭の美女はまるで隣国派たちの前に立ちはだかるかのように胸の前で腕を組み、両足で踏ん張って立った。

「わたくしはアクラウド公国ゲイルード公爵家の長女、クラリス・ゲイルード。そこのちんちくりんを捕らえるおまえたちにひとつ、問いたいことがございます」

物怖《ものお》じせぬ美女――クラリスの言葉に、コートベイル伯爵もさすがに表情を動かしたようだ。

（ちんちくりんって、私のこと……？　いえ、それは今はどうでもいいわね）

テレーゼはいつの間にかがくがく震えていた両足をスカートの下で交互に蹴ることで己を叱咤《しった》し、唾《つば》を飲み込んで金髪ドリルの美女をじっと見下ろした。

妃《きさき》候補たちを引き連れたクラリスもまた、鋭い眼差しで壇上のテレーゼを見上げていた。なんとなく、「黙ってわたくしに話を合わせろ」とその杏《あんず》色の双眸《そうぼう》が語っているように思われ、テレーゼは唇を噛《か》みしめる。

（クラリス様たちの登場に、大公様も騎士たちも動じていない……つまり、これはあらかじめ想定されていたことなの――？）

クラリスは周囲を見回して皆の意識が自分の方を向いているのを確認し、びしっとテレーゼを指で差してきた。

「あなた方はそのちんちくりんを次期大公妃だと申しておりますが……それは果たして、事実なのですか？」

「クラリス様のおっしゃるとおりですわ！　わたくしたちだって、大公妃の資格があるからこそ公城に呼ばれた身！」

「その貧相な小猿が大公妃なんて、世も末ですわ！」

「アクラウド公国の女性の頂点に立つのがそこの脳内常春娘だなんて、ありえません！」

ひどい言いようである。

自分に関する不名誉な比喩《ひゆ》表現を各種取りそろえられて、さすがにテレーゼはむっとしてしまったが、他《ほか》の者たちは別の箇所に意識を向けていたようだ。

「……確かに、なぜあの娘が大公妃だと？」

「そのようなこと、大公様からは公表されていないだろう」

「もしかして、人違いなのかもしれないわ」

ざわざわ、と人々の間に動揺が走る。

（……も、もしかしてこれが、クラリス様の狙《ねら》い？）

「小猿」「脳内常春」に憤っていたテレーゼだが、はっと気付いた。

テレーゼの残念っぷり――あながち間違いでないのが、我ながら虚《むな》しい――を突きつけることで、「本当にこんなのが大公妃なのか」と疑問を投げかける。

クラリスたちの狙いは、国民たちの動揺。そして――

「っ……間違いない！　大公、そなたがよく知っているだろう！　そなたが花嫁候補たちに贈った白薔薇《ばら》は、『次期大公妃が触れることで赤く染まる』という代物！　この娘は確かに貧相だが、白薔薇を赤く染めることができたのだ！」

コートベイル伯爵まで、あんまりである。

……だが。

ふと、あることに気付いてテレーゼは目を瞬かせた。

大公は、令嬢たちに白薔薇を贈った。

薔薇に触れて赤く染めることができた者が、次期大公妃である。

だからマリエッタはテレーゼの部屋にあった赤薔薇を見て、テレーゼが次期大公妃であると判断したのだ。

（でも……待って。あの日、私が最初に見た時、薔薇は何色だった？）

必死に頭を働かせ、その時の情景を思い出す。

庭園から帰ってきたテレーゼは、リィナが生けてくれた薔薇を初めて見た。

（その時点で、薔薇は既にほんのりピンク色になりかけていたわ）

白の部分の方が圧倒的に多かったので記憶から抜け落ちていたが、確かに白薔薇は既に赤く染まりかけていた。当時、テレーゼはまだ薔薇に触れていない。

そう、つまりあの時点で既に薔薇に触れていた人は。

テレーゼより先に触れ、花を花瓶に生けてくれた人は――

……テレーゼは、ふっと笑った。

囚《とら》われの身だというのに笑みを浮かべたテレーゼに気付き、コートベイル伯爵が振り返った。

(……なぁんだ。そういうことだったのね)

テレーゼは顔を上げ、コートベイル伯爵を見上げる。奇《く》しくもマリエッタと同じ青い目を見つめ、テレーゼは息を吸って――

「……わたくしは、大公妃ではない」

頭上の空のように晴れ渡った笑顔で、そう宣言した。


人々のざわめく声が、やけに遠く聞こえる。

まるで、この場にいるのがテレーゼとコートベイル伯爵だけになったかのような空間で、テレーゼは静かに言葉を紡ぐ。

「わたくしが初めて薔薇を見た時には既に、つぼみは赤色に変化しつつあったわ。わたくしが触れるよりも前に薔薇を侍従から受け取り、花瓶に移した――その際に薔薇に触れたのは、わたくしの付添人の女性よ」

青の双眸が、かっと見開かれた。檻《おり》の脇に立っていた黒衣のマリエッタが顔面真っ青になって震えているのが、視界の端に映った。

「薔薇が選んだ大公様の妃はわたくしではなく、わたくしの付添人の女性。……残念だったわね。

わたくしを脅しの材料にしても、何もならないわ」

「う、嘘《うそ》だ……！」

「嘘ではない」

広場に響く、青年の声。

それは、交渉が始まってからずっと沈黙を貫いてきた、大公の声だった。

大公が振り返って手招きすると、アッシュグレーの髪の女性が馬車に上がった。顔立ちまでは見えないが、あの髪型と官僚服は間違いなく――リィナだ。

皆が見つめる中、大公がどこからともなく大輪の薔薇を取り出した。彼はその場に跪《ひざまず》き、純白の薔薇の花束をリィナへと差し出す。

いきなり舞台に引きずり出されたためかおろおろしている様子だったリィナだが、観念したように薔薇を受け取った――とたん、純白だった花びらがじわじわとピンク色に、薄い赤に、そしてあっという間に血のような深紅へと染まっていった。

薔薇が、大公の花嫁を選んだ証《あかし》である。

奇跡を目の当たりにした国民がわあっと声を上げる中、愕然《がくぜん》とする者たち。

「……ま、まさか――」

コートベイル伯爵の、かすれた声。マリエッタが上げる悔しそうな声。

そんな中、立ち上がった大公はこちらを見つめてきた。巨大な薔薇の花束を抱えているせいで顔がすっかり隠れてしまっているリィナの肩を抱き、もう片方の腕を上げて真《ま》っ直《す》ぐ、こちらへと向ける。

「……そこにいる娘は、私の花嫁ではない。だが、大切な我が国民、かけがえのない命であることに違いない。……テレーゼ・リトハルト。決して、そなたを死なせはしない！」

大公が猛《たけ》る獅子《しし》のごとく吠《ほ》えた、直後――

「くっ……よくも！」

「ぎゅえっ⁉」

いきなり体がぐいっと後方に引っ張られ、油断していたテレーゼは怪鳥《けちょう》のごとき悲鳴を上げて後ろに倒れ込んだ。

晴れ渡った空をバックにナイフを構えてテレーゼを睨《にら》み下ろしているのは――青の目を怒りで燃やした、マリエッタ。

「よくも、わたくしたちの計画を――おまえなんて、ここで死ねばいいいっ！」

「や、八つ当たり反対！　勘違いしたのはそっち！」

「うるさい！　おまえも道連れに、地獄へ引きずり込んでやるわ――っぐあっ⁉」

仰向けに倒れたテレーゼの喉《のど》へナイフを突き立てようと腕を振り上げたマリエッタ。その目が見開かれ、体がぐらついて。

彼女はきっと犬歯を剥き出して振り返り、自分の背後に立っていた人物へとナイフを向ける。

「この……邪魔ばかり！」

「おあいにく。それが僕の仕事なのでね」

テレーゼは体を起こし、マリエッタと対峙《たいじ》する人物を振り返り見た。

冷めた口調でマリエッタに言い返したのは――

（……ルクレチア様……によく似た別人……？）

クリーム色のドレスを着たルクレチア・マーレイ伯爵令嬢が、銀の刺突剣を手にマリエッタと向き合っていた。ただし、雰囲気とドレスはルクレチアのものだが、そのみずみずしい唇から放たれたのは無愛想な男言葉だ。そして何よりも――

（お胸が……ないわ……）

マリエッタに襲われたことよりルクレチアの乱入より何よりも、ルクレチアの胸がぺたんとしてしまっていることにテレーゼはショックを受け、気を取られてしまう。

愕然《がくぜん》とするテレーゼは気付かなかったが、広場は今や乱戦状態となっていた。

ルクレチアが舞台に躍り出たのを手始めに、国民たちが逃げまどう中、一般市民に扮《ふん》していた騎士たちが一斉に抜刀してバルバ王国派に襲いかかる。もともとは演劇用だった木の舞台が破壊され、足場が崩壊したためにバルバ王国派の者たちは悲鳴を上げて舞台から滑り落ちていった。

「テレーゼ様！」

「ぎゅっ⁉」

にわかにぐいっと腕を引っ張られ、テレーゼはまたしても馬車に潰《つぶ》された蛙のような悲鳴を上げてしまった。今度メイベルに指導をお願いして、「緊急時でもかわいらしい悲鳴を上げる練習」をするべきかもしれない。

拘束された時のことを思い出して反射的にぐっと身を硬くしたが、テレーゼを抱き留めたのは冷酷な誘拐犯の腕ではなく、温かくて優しい、安心できる誰《だれ》かの胸元だった。

「テレーゼ様……！　よくぞ、ご無事で……！」

たくましい胸元と、少しだけ震えている男の声。

背後から抱きしめられているテレーゼはぽかんとして数秒沈黙し――ゆっくりと背後を振り返った。

そこに瞬いているのは、緑色の双眸《そうぼう》。

「……ジェイ、ド？」

「はい。……遅くなってしまい、申し訳ありません。お迎えに参りました」

……周りは、大混乱だ。

舞台は半分以上崩壊しているし、悲鳴と怒号があちこちから上がっている。砂埃《すなぼこり》もひどくて、何がなにやら状態。

それでも、彼の眼差《まなざ》しは揺らぐことなくテレーゼに向けられていた。

「……うん。来てくれたんだから、それ以上の贅沢《ぜいたく》なんて言えないわ。私《わたし》は大丈夫よ。それより――」

――その瞬間、テレーゼの視界にとんでもないものが飛び込んできた。

それは、全身ぼろぼろのマリエッタ。ルクレチアの剣戟《けんげき》から逃げてきたのか、黒の衣装があちこち破れ、全身から血を流している彼女が、自分の栗色の髪を飾っていた髪飾りを抜き取ったのだ。

毎日髪に挿しているので愛用しているのかと思った髪飾りは――おおよそ装飾品らしくない鋭利な曲線を持っており、マリエッタはそれを構えた。どこかに向かって、髪飾りを投げるつもりのようだ。

べっ甲細工の、美しい髪飾り。

ちょっと前にその値段をそれとなく聞いてみたことがあるのだが、確か、マリエッタの回答は――

「っ……！　マリエッタ！」

「テレーゼ様⁉」

ジェイドの制止の腕を振り払い、テレーゼは思わず飛び出した。

今まさにマリエッタがどこかに向かって放り投げようとしている、豪奢《ごうしゃ》な髪飾り。

その価値は――千五百ペイル。

エリオスが大学院を受験し、入学金を払える値段である。

それが今まさに、放り投げられんとしているではないか！

「いやぁぁぁぁ！　もったいな――――い！」

テレーゼは飛んだ。跳んだのではなく、飛んだ。

超高級品を放り投げようとしたマリエッタを止めるべく、崩れかけた足場を踏み台にして跳躍し、宙を飛ぶ。怪訝《けげん》そうな顔を向けてきたマリエッタだが、その目が見開かれ――

「うぐっ⁉」

強烈なタックルを噛《か》ましてきたテレーゼもろとも舞台を転げ回り、何かの破片で後頭部をぶつけた後、白目を剥《む》いて気絶してしまった。

マリエッタに抱きつくように転がったテレーゼははっと体を起こし——そして、見事なべっ甲の髪飾りがまだマリエッタの手に握られているのを確認し、ほっと息をついた。

（よ、よかった！　いくらやけになったからといって、こんなに豪華な髪飾りを捨てるなんてもったいないわ！　これひとつで、いったい何が買えると思っているのよ、もう！）

「テレーゼ様！」

砂埃の中、ジェイドが駆けつけてくる。テレーゼは振り返り、マリエッタの手からもぎ取った髪飾りを掲げてジェイドに見せた。

「やったわ、ジェイド！　私、千五百ペイルの髪飾りを守ったのよ！」

「……。……もしかして、テレーゼ様がマリエッタ・コートベイルに挑み掛かったのは、高価な髪飾りを守るためだったのですか？」

「他《ほか》に何？」

「……いえ、そちらは私が預かりましょう。さあ、テレーゼ様……」

テレーゼから髪飾りを受け取ったジェイドだが、テレーゼがとたんにしゅんとしてしまったのを見て、息を呑《の》んだ。

「テレーゼ様？……大公閣下もリィナ殿も無事ですし、争乱ももうじき収束するでしょう。もう、何も気にしなくていいのですよ」

「うん……でもそれより、ルクレチア様が――」

「ルクレチア嬢？……ああ、彼女ならあなたを助けるために剣を手に――」

「どうしよう、ジェイド！」

優しくなだめるような声を掛けてくるジェイドの胸元を、思わずしっかりと掴《つか》んでしまった。手が震え、涙がこぼれそうになる。

ジェイドは緑の目を見開き、髪飾りを胸ポケットに入れると大きな手でそっと、テレーゼの肩に触れた。

「テレーゼ様……？」

「私……見てしまったの！　私を助けに来たがためにルクレチア様のお胸が……お胸が、なくなってしまっていたのよ！」

刺突剣を手にマリエッタに挑んだルクレチア。

そのドレスの胸元は――ぺったんこだったのだ。

（きっと、私を助けるためにルクレチア様が、お胸をどこかで落としてしまわれたのよ！）

たまらず、テレーゼは両手で顔を覆ってわあっと泣き出してしまった。

「私のせいで、ルクレチア様のお胸がぺったんこになってしまったのよ！　どうしよう、ジェイド！　私はどうお詫《わ》びをすればいいの⁉」

「……」

少し離れたところで、大公が騎士たちに号令を出している声が聞こえる。

「……いろいろ申し上げたいことはあるのですが、ひとまず、落ち着いてください」

護衛騎士は、真面目な声でそう言ったのだった。

8章　令嬢、棚からケーキが落ちてくる

アクラウド大公国を併呑《へいどん》しようとしたバルバ王国派の者たちは、一網打尽に捕らえられた。

事情聴取の結果、彼らはアクラウド公国民でありながら数代前からバルバ王国と繋《つな》がっている者たちだということが判明した。今回、彼らは年若い大公が花嫁を選ぶ時期に入ったのに目を付け、大公妃をいち早く見つけて誘拐し、交渉の材料にするという作戦を立てたのだという。

なお、せめて一矢報いようと暗器で大公妃を狙《ねら》ったマリエッタ・コートベイルだが、テレーゼ・リトハルトのとっさの機転によって暗殺は阻止された。さらに作戦の主要人物であるマリエッタ・コートベイルを捕縛したことにより隣国派が一気に戦意喪失し、争乱を早期に鎮圧することにも繋がったという。


「あの、わたくしはバレッタがもったいないと思ったからマリエッタ様に飛びついただけで、リィナが暗殺されそうになっていたなんて初耳なんですが……」

「理由なんてどうでもいい。民たちからすればそなたは、危険を顧みずに私の未来の花嫁の命を救った英雄だ。その事実さえ間違っていなければ、少々のことなどどうでもよかろう」

おずおずと申し出たテレーゼだったが、大公によってばっさりと切り捨てられてしまった。

今、テレーゼはアクラウド公城内にある大公の執務室にお邪魔していた。

バルバ王国派による争乱の翌日。無事保護されたテレーゼは一日ゆっくり休んだ後、執務室に呼び出されたのだ。大公妃だと間違われて捕まってしまったテレーゼには、一連の流れを聞く権利があるはずだ、ということで。

やたらきらきらしい室内の装飾には目を奪われっぱなしだし、「まあ、食べるとよい」と提供された焼き菓子は一枚何ペイルするのかを考えると、おいそれと手を出すことはできなかった。ちなみに後で調べたところ、紙のように薄いその焼き菓子の価値は一枚十五ペイルだった。

テレーゼの背後には、ジェイドが控えてくれていた。メイベルは薬を嗅《か》がされて眠らされていたようで、まだ体調が優れないらしく部屋で休んでいる。

前方のソファには、金髪碧眼《へきがん》の麗しい大公――と、その隣で縮こまっているリィナの姿があった。いつもはシンプルな官僚服を纏《まと》っている彼女だが、今日はエメラルドグリーンの華やかなドレスを着ている。先ほどジェイドに教えてもらったのだが、あのドレスは大公からの贈り物で、リィナも最後まで抵抗したのだが無理矢理着せられてしまったそうだ。この状況に戸惑っているのか頭が混乱しているのか、リィナは俯《うつむ》いたままぴくりとも動かない。

「そういうわけで、昨日の一件に絡んでいたバルバ王国派は全員捕らえ、バルバにも彼らに関する書状を送ったのだが……おそらく、よい内容は期待できないだろうな」

「えっ、でもマリエッタ様たちは……バルバ王国のアクラウド公国併呑のために動いていたのでしょう？」

マリエッタのことを思い出すと、あまりいい気分にはなれない。

大公はテレーゼを見、わずかに目を細くした。

「そうだ。だがおそらく、バルバの王は今回の件に関して知らぬ顔を続けるだろう。……コートベイル伯爵たちは、バルバ王の命令を受けて潜伏を続けていたと証言しているが……当代のバルバ王の性格を考えると、『そんなのは知らない』『やつらが勝手に動いただけ』と突っぱねることで、責任逃れする可能性の方が高い」

「そんな……部下なのでしょう？　自分の命令を受けて動いてくれた人たちに、そんな仕打ちをするなんて！」

「……そなたは、あのような目に遭わされてもなお、バルバ王国派の者たちを気遣うのだな」

大公が感心したように言うので、テレーゼはほんの少し唇を尖《とが》らせた。

「嫌な思いをしたのは確かですが、それとこれとは話が別だとわたくしは思うのです」

「……そうか。まあ、バルバとの関係をこれ以上悪化させるわけにもいかないので、コートベイル伯爵たちは『バルバ王国からの間者』ではなく、『アクラウド公国を売り渡そうとした国賊』の咎《とが》で裁くことになりそうだ。それに関しては、そなたも理解してほしい」

彼らを正当な方法で裁けそうにないのは残念だが、大公はバルバ王国との力関係を考慮した上でそう判断しているはずだ。ただのいち貴族に過ぎないテレーゼがこれ以上あれこれ言う権利はないだろう。

テレーゼが頷《うなず》いたのを確認し、大公は少しだけ表情を緩めた。

「それでは、バルバ王国関連の話はここまでだ。……待たせてすまなかったな、リィナ」

「いえ……」

呼びかけられ、リィナはもごもごと返事をした。

（……あら？　大公様がリィナのことをフルネームではなくて、名前だけで呼ばれているということは――？）

テレーゼがじっと二人の様子を見ていると、大公は長い脚を組んで紅茶で口を潤した。

「話せば長くなるのだが……今回、私《わたし》は自分の花嫁を見つけるために国内の貴族令嬢たちを公城に呼んだ。だが、私は最初からある程度の目星を付けていたのだ」

「それは……伯爵位以上の娘を呼んだ、という点ですか？」

「いや、そうではない」

やんわりと言った後、大公は穏やかな口調で話し始めた。


――今から十年ほど前。

ある夜会の日、当時公子だった大公は会場を抜け出して庭園を散策している途中、貴族の少年たちに絡まれている少女を見つけた。

城内に迷い込んできた小さな生き物がいじめられているのに我慢できず、少年たちに立ち向かった彼女。大きな帽子を被《かぶ》っており、夜ということもあって顔立ちや髪の色を確認することは難しかった。

勇気のある少女と出会った直後、例の魔法仕掛けの指輪を嵌《は》めた大公は、驚いた。

指に嵌めたとたん、古びた指輪からぽつんぽつんと小さな薔薇《ばら》がいくつも芽吹いてきたのだ。

「将来、自分の花嫁の素質を持った女性と出会えたら、指輪が反応する」と聞かされていた彼は、あの少女が自分の妻となるべきなのだと気付いた。

「だが、指輪が教えてくれるのはあくまでも、『その女性に大公妃の素質がある』ということだけだ」

大公の言葉をテレーゼのみならず、それまで俯《うつむ》きっぱなしだったリィナも顔を上げて聞き入っていた。

「当時の少女は、十歳足らず。大人になれば、資格を失うかもしれない。……だから私はそれから十年近くの間、『少女を捜すこと』よりも『なぜ彼女が選ばれたのか』に重きを置いて考えるようにした」

そうして彼が導き出したのは、「正義感が強くて、自分を引っ張ってくれるような賢い女性」を求めているという答えだった。

大公位を継いだ彼はいよいよ、花嫁探しを始めることになった。自分が求めている女性像は分かったが、できることなら十年近く前の彼の思い出の少女と再会したい。当時の夜会記録を確認した結果、その時に招待されていたのはほとんどが伯爵位以上の家系の娘だった。よって今回彼は身分とだいたいの年齢が一致する令嬢の家に臣下を向かわせ、公城に来るよう召し出したのだ。

「一ヶ月間の期間を持つことで、皆が自分の『素の姿』を見せるようになるという目論見《もくろみ》に加え、私自身も妃《きさき》候補たちについて知りたいと思ったのだ」

大公の言葉を受け、テレーゼもぴんときた。

（そういえば、大公様は十日ほど前、私を含めた何人かの候補の部屋を訪問されたのよね）

そこにテレーゼやクラリスは含まれていたが、マリエッタは外されていた。そのほか、マリエッタから聞いた令嬢たちの名を鑑《かんが》みると、大公が訪問した令嬢は皆、気が強めではっきりとものを言う者ばかりだ。

（あの時点で大公様はある程度の狙《ねら》いを付けていらっしゃった、ってことなのね）

「……だがまさか、集めた令嬢ではなく官僚の中に『彼女』がいたとはな」

苦笑した大公がそっと視線を隣に滑らせると、それまで大公をじっと見ていたリィナはびくっと身を震わせ、さっと顔を背けた。

「……えーっと、つまり、大公様が十年ほど前に出会われた女の子というのは、リィナのことだったのですか？」

「そのようだな。……そなたも記憶にあるのだろう？」

大公が優しい声で呼びかけると、リィナはこわごわと大公の方を見、ゆっくり頷いた。

「……はい。わたくしは貴族ではありませんが、官僚の娘という身分の証明が取れるのならば庭園の散策だけは許されたので、一度だけ夜会にお邪魔したことがありまして……でもまさか、あのとき話をしたノエルという名の男の子が大公様だとは思ってなくて……お優しい貴族の方だとばかり……」

「確かにあのとき、私は偽名を名乗った。公子レオンであると告げてもよかったのだが、そうするとそなたが逃げてしまうのではと思ってな」

確かにリィナならば、目の前にいる少年が自国の公子様だと分かると、ゆっくり話をすることもなく逃げてしまっていただろう。あえて偽名を名乗ったのは、賢明な判断だったのかもしれない。

ふんふんと頷くテレーゼの正面で、大公はリィナへと真剣な眼差《まなざ》しを向けている。

「……あのとき、水で濡《ぬ》れたキツネの子をしっかり抱きしめていたそなたの姿、今でもはっきり思い出せる」

大公は身を屈《かが》め、ふわっと優しい笑顔でリィナに語りかけている。ずっと探していた女の子を見つけられて嬉《うれ》しい、とその全身が語っているようで、テレーゼは少しだけ首を傾《かし》げる。

（……妙ね。大公様って、こんな感じのお方だったかしら？）

テレーゼとて彼とちゃんと話をしたのはこれがやっと三度目だが、彼はもっと落ち着いており、きりりと引き締まった表情をしていたはず――なのだが。

「……いざ私の花嫁を捜そうと意気込んでいたというのに、近年ではバルバ派の者どもが幅を利かせていた。アクラウドの貴族の中にもバルバ派がいるらしいという噂《うわさ》は聞いていたが、なかなか尻《しっ》尾《ぽ》を出さなかった。……まさか招待者の中に主犯の娘がいるとは思っていなかったが、比較的早期に見つけ出せてよかった」

「大公様は、そのことにも気付かれていたのですね」

「ああ。だから妃候補の中に、密偵を潜り込ませていたのだ。……ジェイド・コリック、その辺りの説明をしろ」

「かしこまりました」

それまで黙ってなり行きを見守っていたジェイドが声を上げたので、テレーゼは振り返って護衛騎士を見やる。

ジェイドはテレーゼを見てほんのりと微笑《ほほえ》んだ後、一礼した。

「妃候補の中にバルバ王国派が紛れ込んでいる可能性、そして大公閣下の未来の花嫁が害される可能性をふまえ、我々騎士団は若手騎士を一名、妃候補として潜ませたのです」

その瞬間、「大公様はそういう趣味もお持ちなのですか」と口走りそうになったが、離れた場所で休養中のはずのメイベルから謎《なぞ》の電波が送られてきたように感じられたため、テレーゼは賢明にも言葉を呑《の》み込み、淑《しと》やかな姿勢のままでジェイドの次なる言葉を待った。

「騎士の名は、ライナス・マーレイ。年齢は十五歳と若く正騎士になったばかりですが、細い体と高い声を活《い》かせば女性として活動することも可能であろうという結論に達し……彼とその家族の了承を得た上で、彼には女装し姉君の名前をかたらせ、妃候補を隠れ蓑《かくみの》にしたのです。彼にはこの一ヶ月間、あちこちに出向いて調査をさせておりました。騎士団であなたが彼の姿を見かけたのも、任務報告の帰りだったのですよ」

「姉君……えっ、まさか、それって……」

「はい。妃候補だったルクレチア・マーレイの正体は、彼女の弟のライナス・マーレイ。正真正銘、男ですよ。姉君は十七歳であるため、年頃《としごろ》の女性らしい体つきにするために工夫したそうです」

テレーゼはぽかんとして、ジェイドの顔をじっと見つめていた。傍目《はため》からだと、熱烈に見つめ合っているのではないかと思われるほど、じっくり見つめている。

(そ、それってつまり……お胸は、最初からなかったのね……)

「……あのときは、すっかり慌ててしまっていたわ。てっきり、争乱の中でお胸を落としてしまったのだとばかり思っていて」

「人間、突然のことに混乱することもあるでしょう。お気になさらず」

ジェイドの言葉に、テレーゼはほっと胸をなで下ろした。

(そっか……最初からあのお胸は、取り外し可能だったのね。私のせいでぽろっともげちゃったのかと思ったわ)

穏やかな表情でルクレチア——もといライナスのことを語るテレーゼとジェイド。

大公はそんな二人を、間違えて胡椒《こしょう》の固まりでも噛《か》んでしまったかのような顔で眺めていた。

「……テレーゼ・リトハルトはそのようなことを案じていたのか。変わった女性だとは思っていたが……なかなか味はあるな。リィナ、そなたはよい女性と親しくなれたのだな」

「……お言葉ですが、大公閣下。わたくしは、大公様に名を呼ばれるような身分の者ではございません」

リィナの落ち着いた声に、テレーゼとジェイドも反応してそちらを見やる。

大公の隣に小さくなって座っているリィナは、ゆるゆると首を横に振った。

「わたくしは高貴な身分を持たぬ平民です。今回だって、テレーゼ様やクラリス様の機転、そして民衆に紛れ込んでいたジェイド様やライナス様たち騎士の皆様のおかげであの場を切り抜けられただけ。……わたくし本人は、何の力もございません。今回のように、いつ刺客がわたくしを狙うか分かりませんし、それを防ぐ力はわたくしにはありません」

「身分のことなら問題ない。過去にも平民の大公妃はいたが、皆養女になることで貴族の身分を得ている。それに、もし悪漢が現れようとそなたが孤立奮闘する必要はない。私の妃になったからには全力で守るし、そなたには守られるだけの理由がある。テレーゼ・リトハルトが、そなたを狙った刺客を体を張って止めたのも同じだろう」

ついさっき、「バレッタがもったいないから飛びついただけ」と証言したはずだが、大公の頭の中ではいいように物事が処理されているようだ。わざわざ二度も突っ込むのも野暮だと思って、テレーゼは黙って二人のやり取りを見守ることにした。

「そなたは、私の妃にはなってくれないのか？　昨日も、確かに指輪はそなたに反応した。あの白薔薇は私が指輪の力で生じさせたもの。あの薔薇を赤に――愛情の証《あかし》の色に染めることができるのは、私の妃にふさわしい者だけ。そなたは認められたのだぞ」

「……」

「リィナ、そなたはテレーゼ・リトハルトが捕らわれたと知り、血相を変えて私の部屋に乗り込んできたな」

初耳である。

思わずリィナを凝視すると、彼女は真っ赤になって俯いてしまった。

「そなたは私《わたし》の部屋に来る前に、ジェイド・コリックとの話から自分が大公妃に選ばれたのであり、テレーゼ・リトハルトは間違えて捕まってしまったのだと気付いた。……そしてそなたは、『テレーゼ様を助けるために、自分を差し出してほしい』と言ったな」

「なっ……！　リィナ、それは本当⁉」

思わずテレーゼが声を上げるが、リィナは何も答えない。いつもテレーゼの問いにはきはきと返答してくれる彼女らしくもない様子だ。

「私は、『自分が大公妃であると知っていて、なぜそのようなことを申せる』と問うた。それに対してそなたは、『自分が本当に大公妃になるべき人物なら、国民のためにこの身を差し出さなければならないからだ』……そう答えたな？」

大公の穏やかな言葉は、ざわついていたテレーゼの胸に一撃を与えた。

（それが、リィナが捨て身の発言をした理由……？）

「テレーゼ・リトハルトのため、ではなく、国民のため、と答えた。……その姿を見て、私は――そなたならば私の妃《きさき》に選ばれても当然だと思った。もともとテレーゼ・リトハルトを無事に救出するつもりで策を練っていたのだが、そなたにそう言われるとぬかることはできなかった。そなたの決意を伝えると、そこにいるジェイドやライナスはもちろん、クラリス・ゲイルードも快く協力してくれたな」

「……では、あのタイミングでクラリス様たちが出てきたのもやはり、作戦のうちだったのですね」

令嬢たちを引き連れて堂々と登場し、爆弾発言を投下したクラリスの姿を思い出してテレーゼが言うと、大公は頷《うなず》いた。

「妙齢の美しい女性たちが現れれば、皆の意識は必ずそちらに向く。民衆の中に潜んでいたジェイドたちも動きやすくなる。クラリス・ゲイルードは皆の注目を集めて時間を稼ぐこと、そして『本当にテレーゼ・リトハルトが大公妃なのか』という疑問を投げかけることで皆に動揺を与え、そして――テレーゼ・リトハルト、そなたにもあの白薔薇《ばら》に関する出来事の真実に気付かせる役目を担ってくれたのだ」

「……そういうことだったのですね」

緊迫した広場に現れた彼女らには、猿とか常春娘だとか失礼なこともたくさん言われた気がするが、あれらも全《すべ》て、隣国派の油断を促すため、そして民衆に紛れていたジェイドたちが突撃しやすくするためだったのだろう。そう思えば、少しだけ溜飲《りゅういん》も下がる。

大公は頷き、なおも貝のように口を閉ざすリィナの顔をそっと覗《のぞ》き込んだ。

「……私は、あまり感情を表に出すのが得意ではない。それに、あまり優しい人間でもないと自覚している。だがそなたは優しく、勇敢な娘だ。賢いそなたなら、私を助け、時には叱咤《しった》してくれるはずだ。私は十年前から、そなたのような者を求めていた。そして……叶《かな》うことなら、あのとき身を挺《てい》して弱き命を守った娘と再会し、妃に迎えたいと思っていたのだ」

「大公閣下。しかし、わたくしは……」

「愛している、リィナ」

突然の告白である。

思わずテレーゼは「ひえっ」と悲鳴を上げ、さしものジェイドも背後でゴホッと咳《せ》き込んだ気配がする。

（わあ、わあ！　こ、これってまさか、プロポーズ⁉　大公様のプロポーズシーンに同席できるって、なんて幸運なことなの⁉）

テレーゼとて、絵本に描かれているようなロマンチックな恋に憧《あこが》れがないわけではない。見目麗しい若き大公が、一般市民の娘に求婚するシーンを目の当たりにし、興奮のあまり頬《ほお》が熱くなってしまう。

（わっ、わぁぁぁ！　どうなるの⁉　どうするの、リィナ⁉）

きゅんきゅんと胸をときめかせるテレーゼと、冷静を装いつつも気になって仕方ない様子のジェイドにじっと見られ、リィナの顔は限界まで真っ赤になっている。膝《ひざ》の上で重ねられている手がぷるぷると震えており、大公から距離を取るようにソファの上でじりっと後退した。

「わ、わたくしは、色気も美貌《びぼう》もない平凡な女です！」

「何を言うか。そなたは十分美しい」

「きゃーっ！」

「い、いえ！　指輪が認めるとか以前に、わたくしは大公閣下のことをよくは知らないので……」

「これから知り合っていけばよいだろう」

「いやーっ！」

「あ、あの……わたくし、恋愛が得意ではないので……」

「案ずることはない。私が一から十まで教えてあげよう」

「やだもーっ！」

「テレーゼ様、興奮される気持ちはよく分かりますが、少し落ち着いて、お二人の恋路を見守りましょうね」

「はっ、そのとおりね、ジェイド！　落ち着いて見守るわ！」

そうしてテレーゼがきらきらの眼差《まなざ》しで見守る中、大公はそっとリィナの手を握った。彼の左手薬指には、例の魔法仕掛けの指輪が嵌《は》まっている。

——とたん、二人を包むようにぶわっと大輪の花があふれ出た。どこから生えているのだろうか、なんて考えるのは野暮だろう。

深紅の薔薇を中心とした色とりどりの花が咲き乱れる中、硬直するリィナを見つめ、大公はくすっと笑った。

「どうやら偉大なる魔術師も、そなたのことを歓迎しているようだな。……悪いが、こうなったら逃がすつもりはない。これから末永く、よろしく頼むぞ、リィナ」

やたら甘ったるく囁《ささや》く大公。

「もう、もうっ！　なんて素敵なプロポーズなの⁉　ああ、でも納得だわ。リィナならきっと、素敵な大公妃になれるわ！」

「テレーゼ様まで……」

こちらを見るリィナの目は、明らかな動揺の色で染まっている。まだ展開について行けていない上、テレーゼにまで太鼓判を押されてしまい困惑しているようだが――

（リィナならきっと大丈夫よ）

にっこりと笑みを浮かべて見つめ返すと、リィナは目元を赤く染め、大公に向き直った。

「……そ、その、大公閣下」

「レオンと呼んでくれ。ノエルでもいいし、なんなら『あなた』でもいいぞ」

「……お」

「うん？」

「……お友だちから、では、いけませんか……」

蚊の鳴くようなリィナの声に、場の空気が一瞬固まる。

（ここまで来て、「お友だちから始めましょう」なの⁉　やるわね、リィナ⁉）

リィナの発言に逆にテレーゼは感心していた。そして、大公が驚きの表情を見せたのも一瞬のことだった。

すぐに彼はふわりと微笑《ほほえ》むとどこからともなく生えている薔薇を一本手折り、リィナの髪に飾る。

「ありがとう、リィナ。実は私もずっと、君と友だちになりたいと思っていたんだ。――公子でも大公としてでもなく、ノエルという一人の男として、君と再会したいと思っていた」

「……レオン、様――」

「婚約はするけれど、友だちの関係から始めよう。……友だちから、ひとつひとつ思い出を作って

いこう」

な？　と優しく囁かれ、リィナは真っ赤になってこくこく頷いている。

そしてテレーゼはというと。

（あぁー……いいわねぇ……こういう関係から始まる婚約っていうのも、いいわねぇ……！）

きゅんきゅんする胸のときめきに、悶《もだ》えていたのであった。

＊　＊　＊

事件から約十日後。

バルバ王国から書簡の返事が届いたそうだが、内容は大公が想定したとおりのものだったらしく、マリエッタや伯爵を始めとした者たちは国賊として処罰を受けることになった。

そしてほぼ同時に、大公の婚約者としてリィナ・ベルチェの名が公表された。平民出の次期大公妃ということで少々物議は醸したそうだが、過去にも事例があったこと、そして何より既に大公がリィナに首っ丈になっているとのことで、わりとあっさり皆の承認を得られたそうだ。護衛として会議に参加していたジェイド曰《いわ》く、「大公閣下が一時間ほど、反対者もげんなりとするくらいリィナ殿への恋情を語っていました」とのことである。

大公妃が確定したことで、妃候補たちも解散することになった。

テレーゼはそれとなく、「女官候補とかはないのですか」と侍従に問うてみたのだが、まだ事件の事後処理やリィナに関して検討するべき問題がいくつもあるので、ひとまず保留で追って連絡をすると言われた。

「……あっ。クラリス様！」

メイベルやジェイドに馬車への荷物積み込みを任せていたテレーゼは、立派な四頭立ての馬車の前に立つ美女の姿を見て声を掛けた。

（あの馬車はメイベルの言っていたとおり、お太りになってらっしゃる方用ではなく、クラリス様のようにお金持ちの方用だったのね）

名を呼ばれたクラリスは怪訝《けげん》そうに振り返り、小走りで駆けてきたテレーゼを見て鼻に皺《しわ》を寄せた。今日も彼女の純金製ドリルは元気に渦を巻いている。

「……貧相な猿が、何の用ですの？」

「わたくし、まだクラリス様にお礼を申し上げていなかったので」

テレーゼはにっこりと微笑み、貫禄《かんろく》のある美女クラリスの顔を見上げた。

「先日は、どうもありがとうございました。クラリス様のおかげでわたくしも、薔薇の謎《なぞ》に気付けたので」

「はい？　演技ではなくて、本当にあのときになってようやく真実に気付いたのですか？」

テレーゼはお礼を言ったのに、クラリスは呆《あき》れたように肩を落とした。

「もうちょっと賢いと思ったのに、お猿はお猿ですわね。……まあ、いいです。ただ、誤解だけはなさらぬよう。わたくしはおまえのために行動したのではありません。あくまでも祖国のため、大公様のため。そしていずれ大公妃となられるリィナ様のためです」

「まあ……では、リィナのことを認められるのですね」

「リィナ様とお呼びなさいっ！　いいですか、わたくしたちは確かに大公妃の座を狙《ねら》っておりましたが、指輪や大公様の意志を無視してまでも妃になろうという腹穢《はらぎたな》さは持っておりません。妃が見つかったのならば、アクラウドの貴族として誠心誠意お仕えするのみ。……今回は大公妃になれず脇役《わきやく》に甘んじましたが、いずれ別の形でアクラウド公国貴族の頂点に立ってみせます。ま、おまえはせいぜい、毛糸のたわしでも作っているといいわ」

おほほほ、という高笑いと共に、クラリスは悠々と自分の馬車の方へ行ってしまった。

テレーゼはそんな美女の後ろ姿をしばし、ぽかんとして眺めていた。

「……クラリス様、毛糸たわしのことをご存じだったのね」

ふわっと、胸が温かくなる。

クラリスは物言いこそ偉そうだが、根は真《ま》っ直《す》ぐだし正義感が強い。もしリィナが現れないままだったら、彼女が大公妃になっていてもおかしくはなかったのではないか。

クラリスが馬車に乗り込むのを見守ったテレーゼはふと、少し離れたところで団子になっている令嬢たちの姿を目にし、首を傾《かし》げる。

（あら……あの人たちは確か、クラリス様のこしぎ――お友だちだったわね）

じっと見つめていると、彼女らもテレーゼに気付いたようだ。皆ぎょっとし、互いの顔をそわそわ見ている。

（……ああ、そうだわ。皆様に言うことがあったわ）

テレーゼはぽんと手を打ち、軽い足取りで令嬢たちの方へ向かう。まさかテレーゼの方からほいほいとやって来るとは思っていなかったのか、令嬢たちはとたんに及び腰になり、じりじりと後退していった。

迫るテレーゼ、逃げる令嬢。

大股《おおまた》で足も速いのであっという間に令嬢たちとの距離を詰めたテレーゼは彼女らの顔を順に見つめ、にっこりと微笑《ほほえ》んだ。

「皆様、ごきげんよう。皆様も今からお帰りでしょうか」

「ひっ」

「え、ええ……そうです」

「そうですか！　いえ、お帰りになる前にひとつ、わたくしの方から申し上げたいことがございまして」

「ひえっ⁉」

とたん、令嬢たちは白粉《おしろい》越しでもよく分かるほど真っ青になり、震え上がった。そして――

「もっ……申し訳ありません！」

「えっ⁉」

令嬢たちが一斉に謝罪の言葉を述べたため、テレーゼがきょとんとしていると――

「まさかリィナ様が大公様の妃《きさき》に選ばれるとは、つゆほども思っておらず……どうか、リィナ様への暴行を大公様に報告なさらないでください！」

「テレーゼ様に対して過ぎた口を申したこと、心からお詫《わ》び申し上げます！　ですのでどうか、罰だけは！」

「クラリス様にもお叱《しか》りを受けたわたくしたちは、この一ヶ月間の行いを猛省しておりますので、ご温情を！」

一斉にあれこれ言われたが、テレーゼの耳は左右一つずつしかないし脳みそも一人分しかないので、何か言いたいことがあるのなら順番に分かりやすく述べてほしい。

(うーん……つまるところ皆様は、私《わたし》がこれまでのことを詰《なじ》るつもりで寄ってきたのだと思われたのね)

テレーゼが近づいてきた理由をそういう風に捉《とら》えられたのだと思うと、ちょっと悲しい。

(というより、クラリス様からやっぱりお叱りを受けたのね……)

かつて殴った女性が大公の婚約者となり、かつていじめた令嬢が英雄扱いされ、尊敬していた公爵令嬢にまで叱られたとなると、心労もかなりのものだろう。

「……あの、別に今は、そういうことを申し上げに来たのではなくて——」

「いっ、『今は』、ですね！　かしこまりました！」

「今後、アクラウド公国の貴族の名に恥じぬよう自己を反省いたします！」

「いやそういうわけじゃ……いえ、何でもないです。そういうことにしておいてください。それより——」

面倒なことになりそうなのでさっさと切り上げて本題に入ろうとしたのだが、とたんに令嬢たちは「テレーゼ様のご温情に感謝します！」「ではわたくしたちはこれで！」とそそくさと逃げていってしまった。以前も思ったが、あんなに豪奢《ごうしゃ》なドレスを着ているのにすばらしい敏捷《びんしょう》性である。

「……この前、広場に駆けつけてくださったことのお礼を申し上げようと思ったのに」

一人取り残されたテレーゼはぽつんと零《こぼ》した後、振り返った。馬車の準備が終わったらしく、メイベルが手を振りながら歩いてきている。

（……まあ、今はいいかな）

「これから」がある。「これから」先、彼女らと再会する機会だって訪れるはず。

（その時は、ゆっくりお話ができたらいいな）

テレーゼはメイベルに手を振り返し、柔らかな陽光差す庭を歩いていった。

＊　＊　＊

テレーゼが実家に戻って、半月ほど経過した。

「聞いてください、お母様！　私が作ったたわし、今日も完売でした！」

「さすがです、テレーゼ。今日はお父様もお戻りになるとのことですし、ちょっと高価なお肉を焼くことにしましょう」

「了解です！」

母に売上金を渡したテレーゼは、今晩食卓に並ぶだろう、筋のない柔らかいステーキを想像して思わずへらりと笑ってしまった。

今日、久しぶりに父が領土から公都へ戻ってくる。テレーゼが仕度金としてもらった十二万ペイルにより、領土用に最新の農具や肥料をいくつも購入することができた。その効果は早くも表れているようで、今年は例年よりも作物の成長が良好なので、秋にはおいしい野菜がたんと収穫できるだろうということだ。

また、エリオスの大学院進学までの費用も確保できたので、彼も心おきなく勉学に集中できている。マリーとルイーズ用のドレスも新調できたし、屋敷の壁に空いていた穴を塞《ふさ》いだり庭を整備したりすることもできた。

それでも、リトハルト家には金がいくらあっても足りない。今でもテレーゼは内職をし、市場で値切り交渉をし、自ら屋敷の掃除をするという日々を送っていた。

(それに明日は、お城から使者の方がいらっしゃるとのことなのよね)

テレーゼは内心、ほくほくしていた。

使者の来訪予定が知らされたのが、数日前。実は父親も、この日に合わせて公都に戻ってこられるようにしていたのだ。

(これはもしかしなくても、女官登用のお話ではないかしら……!?)

そうしてテレーゼはうきうきしながら、柔らかい肉を食べること、そして明日になって使者がやってくるのを心待ちにしていたのだった。

翌日、リトハルト家に大公家の紋入りの旗を掲げた馬車が訪れた。やってきた使者は、侍従と官僚で、テレーゼたちは彼らを丁重に屋敷に通す。

昨日から今日の朝にかけて、家族と使用人総出で屋敷の掃除をした。前回は郵便がうまく機能していなかったらしく慌ただしくジェイドを迎えることになったが、今日はじっくり掃除をしたのできれいな応接間に彼らを通すことができた。

「レオン・アクラウド大公閣下よりテレーゼ・リトハルト侯爵令嬢へ、お知らせしたいことがございます」

そう切り出したのは、ソファに座っている侍従。書記係らしい男性官僚は立ったままボードに何かを書き込んでいた。

そうして、使者の言葉をわくわくしながら待っていたテレーゼだったが――

「……はい？　大公妃殿下を、うちの養女に？」

テレーゼの左側に座る父親が呆然《ぼうぜん》と呟《つぶや》く。十二万ペイルにしてもテレーゼが妃候補になったことにしても、彼はずっと領地の方にいたのでいまだに実感が湧《わ》いていないのだろう。母親にしても、信じられないものを見る目で侍従を凝視している。

「はい、大公閣下からのご推薦であり、またリィナ・ベルチェ様ご本人からのご希望も出ております。リィナ様は見事大公閣下の婚約者に選ばれた女性でいらっしゃいますが、いかんせん彼女は一般市民。大公妃になられるにあたり、リィナ様を国内の有力貴族の養女に据えて貴族の身分を与えることが望まれております」

「は、はぁ……」

父親は既に言葉を失っている様子で、母も気の抜けた返事をすることしかできない状態である。

「リィナはいずれ貴族の養女となる」ということだけは知っていたため、テレーゼは両親ほどの衝撃を受けずに済んでいた。それでもまさか、侍従が我が家に対してその話を持ってくるとは思っていなかった。

(そ、それにしても、まさかリィナをリトハルト家に……?)

テレーゼは機能停止した父親や難しい顔をして考え込む母親の顔色を窺《うかが》った後、手を挙げた。

「あの、質問よろしいでしょうか」

「なんなりと」

「リィナ――様をリトハルト家の養女に迎えるとのことですが、残念ながら我が家はそれほど裕福ではありません。リィナ様にとって、我が家を養子先にすることに利点があるとは思えないのですが……」

「……ああ、リトハルト家のことは伺っております。その点ならば、ご安心を」

侍従はあっけらかんとして言う。何も言っていないが両親もおそらく、金のことを一番気にしているはずだ。

大公妃の仕度には当然金がかかる。豪華なドレスや宝飾品を買うだけの余裕は、リトハルト家にはない。もやしのフルコースに舌鼓を打つ家の養女になるなんて、逆にリィナにとってマイナスになるだけではないだろうか。

「大公閣下があなた方にお望みなのは、リトハルト侯爵家の名です。今のリィナ様に一番必要なのは、伯爵家以上の身分。リィナ様のご両親は健在です。いわばあなた方には、リィナ様にリトハルト侯爵家の名を与えるための後援者になっていただきたいのです」

あまりにもあけすけな侍従の言葉に、両親が息を呑《の》む。

一方のテレーゼは、納得して嘆息を零すのみだ。

(ああ……確かにあの方なら、そう言いそうね)

リトハルト家がリィナに与えるべきなのは、貴族の名のみ。書類上リトハルト侯爵夫妻が両親になるのだが、彼女には生みの親がいるため、自分たちは親らしいことはしなくていい。ただ、「リィナ・リトハルト」の名を授ければいいのだ。

リィナ以外にはとことんドライな大公の幻が見えるようで、テレーゼは肩を落とした。そして左隣に座る父親の腕をちょんちょんと突《つつ》くと、彼ははっとした後、咳払《せきばら》いして背筋を伸ばした。

「……お話はよく分かりました。未来の大公妃殿下を養女に迎えられること、たいへん光栄に存じます」

フリーズ状態から解除された父親が、ゆったりと答える。彼はあまり社交の場に慣れていないようだが、気持ちさえ整えれば急な出来事に対処するだけの力はあるのだ。

「しかし、先ほど娘が申し上げましたように、我々は侯爵の身分を授かっておりますが、リィナ様の養父母として権限を振るえるわけでも、リィナ様のために何かできることもございません。それがたいへん、心苦しゅう存じます」

「そのこともお気になさらず。大公閣下からリトハルト家への対応を伺っております」

そう言って侍従は官僚から書類を受け取り、父に差し出した。堅苦しい言葉で飾り付けられたそれの内容を一通り述べた後、嚙《か》み砕《くだ》いて説明してくれる。

「アクラウド公国ではご存じのとおり、貴族の娘が嫁ぐ場合には多額の持参金が必要です。持参金の中にはドレスや宝飾品もございます。大公閣下はこの点に先立って、リトハルト家に『大事な娘を頂戴《ちょうだい》するための礼金』として小切手を書かれます。その資金でリトハルト家には、リィナ様の花嫁仕度を調えていただきます」

「小切手……ですか」

小切手というと、テレーゼの仕度金十二万ペイルが誰《だれ》もの脳裏に浮かぶ。

なるほど、と唸《うな》った三人だが、次なる侍従の言葉で仰天した。

「ええ、大公閣下は大公妃を輩出する家であるリトハルト家に、たいへんな恩義を感じてらっしゃいます。よって、まずはリィナ様の仕度金として百万ペイルほど」

「ひゃくまんっ⁉」

三人の声が重なり、古びた天井を震わせる。みしり、とどこかで天井の梁《はり》が軋《きし》む音がした。

さしものテレーゼも、予想よりゼロがひとつ多い金額に目を剝《む》く。

(リィナの準備に百万！　どれだけ大公はリィナが大好きなの⁉)

一国の妃になるのだから、衣装や美容関連に大金をつぎ込むのは当然のことである。妃が貧相な

なりをしていれば、大公の、そして公国の尊厳にも関わるのだ。だから、リィナの準備に金をかけることはまったく意外ではない。

(それにしても、額が大きくない……?)

だが侍従の言葉はそこでは終わらなかった。彼はリトハルト家三人が貴族らしからぬ反応を示しても一切動揺することなく、言葉を続ける。

「さらに、リィナ様のご実家ということでリトハルト家、ならびに生家のベルチェ家にはそれぞれ五十万ペイルをご準備なさるとのことです」

「ごじゅうまん……」

「ベルチェ家は最初、資金の受け取りを拒否なさいました。しかしそれでは大公閣下のご厚意に背くということで、十万ペイルだけ受け取り、差し引いた四十万ペイルはこれから娘が世話になるということでリトハルト家に譲るよう、お言葉をいただいております。よって、後ほど百九十万ペイルの小切手をお送りしますね」

「ひゃく……きゅうじゅうまん……」

ついに父親が白目を剥《む》いた。ふらりとその体が傾《かし》ぎ、ソファの背もたれに後頭部を打ち付け、昏《こん》倒《とう》する。

父親が放心して慌ててメイベルたちが気付け薬を準備し、母親もくらくらと頭を揺らせている中、侍従はとどめの一言を放つ。

「さらに大公妃リィナ様の姉君となられるテレーゼ様には、リィナ様の専属女官として公城に出仕する推薦状も携えております。テレーゼ様がリィナ様にお仕えすることで、大公閣下はリトハルト侯爵家と末永い友好関係を築きたいとお考えです」

「わたくしが……」

テレーゼは目を瞬かせた。

テレーゼがリィナの姉妹――それも、わずかな生まれ月の差によって、姉になる。

テレーゼはリィナの専属女官になるので安定した収入は得られるし、九十万ペイルで領地の整備も実家の増築もできる。

しかも、弱小貴族と笑われるリトハルト家は大公妃を輩出した侯爵家となり、大公家とよしみを結べる。

さらにリィナの方は、実家の両親との縁を切ることなく後ろ盾を得ることができる。

（こ、これ以上ない好待遇！　専属女官！　素敵な響き！）

お金と、安定した職業。それに加え、大公の寵愛《ちょうあい》を一身に受ける未来の大公妃。

リトハルト家はこの一ヶ月間で、かつてないほどの力を得ることになったのだった。

終章　令嬢、真っ直ぐに走って行く

「ほら、大公様がお待ちよ」

豪奢《ごうしゃ》な公城の廊下を、テレーゼは歩いていた。

着ているものは、公都の超有名クチュリエール渾身《こんしん》のドレス。作業用のため、袖《そで》は短くて二の腕で絞っており、華美さを抑えたデザインとなっている。

テレーゼの半歩前には、同じく豪奢なドレスを纏《まと》ったアッシュグレーの髪の女性が。艶《つや》やかな髪はシニョン風にまとめており、知性がにじみ出すような深海色のドレスが美しい。

テレーゼのドレスよりさらに高価な最高級品だが胸元の防御力に不安があるようで、彼女は先ほどからしきりに、自分の胸元を気にしていた。

「これ、胸が開きすぎていませんか？　すーすーするのですが」

「でもそれ、大公様からの贈り物だし。ほら、この胸元なんてレースが付いていてとってもかわいらしいし、胸の形がきれいに見えるわ」

「こんな貧相な胸を見せても、一ペイルの価値もないと思うのですが」

「大公殿下にとっては百万ペイルの価値があるのよ。たぶん」

そう話をしながら歩く二人は、大公妃候補と専属教育係だった以前と変わらない関係のように見える。

　だが、実際は――

「本当に、大公様はリィナのことが大好きよねぇ」

「な、何をおっしゃいますか」

「だって、私《わたし》たちの前とリィナの前では見せる表情が全然違うのだもの」

「テレーゼさ――いいえ、お姉様の気のせいですよ」

　リィナはふてたように言うが、その頬《ほお》は真っ赤に染まっていた。

　今の二人は、金欠令嬢と官僚ではない。

　侯爵令嬢と大公の婚約者であり、姉と妹でもあるのだった。

　テレーゼにとって、リィナは妹であり、生涯をかけてお仕えするべき相手でもある。二人がやや不思議な今の関係になって半月ほど経《た》つが、テレーゼが既に慣れている一方、リィナはまだぎこちないところがあった。

　テレーゼは大公からの推薦状を手に、女官登用試験を受けた。試験に合格し、公城への出仕を始めたのがつい先日。今はまだ女官「見習」といった立ち位置だが、女官長から「将来のことを見据えて、今のうちからリィナ様と共に行動しながら修業するとよいでしょう」と言われたのである。

　どうやら大公はリィナと婚約してからというもの彼女にべったりらしく、リィナ本人からは「愛が重い」と既にうんざりされている。よって、毎度憂鬱《ゆううつ》そうな顔をする彼女を大公の部屋まで引きずっていくのもテレーゼの大切な仕事だった。

「大公様。リィナを連れて参りました」

「入れ」

大公の執務室前でテレーゼが呼びかけると、すぐさま返事があった。しかも侍従などではなく、大公本人の声である。

そして「入れ」と言ったくせに、テレーゼがドアを開ける前に内側からドアが開き、大公の顔が見えたかと思うとすぐさま引っ込んでいった。

――ドアの前に立っていたリィナを、一瞬でかっさらって。

「ちょっ……レオン様っ！」

「待っていたよ、リィナ。必死で仕事を片づけたんだ。一緒にお茶にしよう。君が好きそうな菓子も取り寄せたんだよ。さあ、おいで」

「それ以上触ったら、実家に帰りますっ！」

「…………そう、だな。私たちは、友だちだものな……」

執務室から、そんなやり取りが聞こえてくる。

（……うん、いつも通り。問題なし）

しばらくの間廊下に立ってやり取りを見守って――というより聞いていたテレーゼだったが、やがて室内は一段落付いたようなのでくるりときびすを返した。

廊下に立つ護衛の騎士たちに淑女の礼をしながら、テレーゼは開放廊下に向かった。風通しがよくて、お気に入りの場所だ。今日もよく晴れていてほどよく風が吹いているため、テレーゼの真新しい女官用ドレスの裾《すそ》がはためき、絹同士が擦れ合う微《かす》かな音が耳朶《じだ》をくすぐった。

この女官用ドレスも一級品だ。官僚や騎士と違って女官はこれといった制服がない代わりに、比較的落ち着いた色合いと装飾のドレスにエプロン型の上着を羽織ることになっている。上着は支給品だが、ドレスはリトハルト家が得た百九十万ペイルからリィナの支度金を除いた分から支払い、公都随一のクチュリエールで注文した。

同時に注文したリィナの夜会用ドレスよりずっと安価だが、それでも半年前のテレーゼたちならば購入はおろか、触れることも見ることも叶《かな》わなかったような衣服を今、着ている。

「テレーゼ様」

涼やかな低い声。テレーゼの胸をくすぐる、優しい声。

テレーゼは欄干に手を乗せた状態で体だけを捻《ひね》る。テレーゼがやってきたのとは反対側の棟の出入り口から、モスグリーンの騎士男性服を纏った青年が片手を上げ、こちらにやってきていた。

彼の詰め襟には、星を象《かたど》ったバッジが飾られている。あのバッジが示す彼の階級が近衛《このえ》騎士団士官階級ということを、テレーゼはつい最近知った。

「ジェイド様、お勤めご苦労様です」

「テレーゼ様こそ。……私のことは今までのように呼び捨てで、気軽な言葉遣いをなさってくださって結構ですよ」

彼とテレーゼが護衛と護衛対象だったのは昔の話。だからテレーゼも寂しいとは思いつつ貴族同士としての言葉遣いをしたのだが、当の本人の許しを得られたのでほっと息をついた。

「……分かったわ、ジェイド。やっぱり私はこっちの方が話しやすいわね」

「いつも、リィナ様の女官として肩肘《かたひじ》を張られているのですから、私の前くらいでは力を抜いてくださればいいのですよ。これからは……いわゆる同僚としてやっていくのですからね」

「それもそうね」

ジェイドの言うとおり、騎士と女官にほとんど格差はないので、これから二人は城仕えの者としてほぼ平等の立場になったのだ。

ジェイドは柔らかく微笑《ほほえ》んだ後、大公の執務室の方角に視線を向けた。

「リィナ様は大公閣下とお茶の時間でしょうか？　今日、『仕事を終わらせられなかったらリィナと過ごせなくなる』と必死の形相で仕事をこなしてらっしゃったのですが」

ジェイドがわずかに頬を引きつらせて言うので、テレーゼは堪《たま》らずプッと噴き出してしまった。

「やっぱり分かった？　リィナは、大公様を容赦なく扱《しご》いていてね……侍従や官僚だったらとてもとても言えないこともリィナはズバズバ言ってくれるから、皆も助かっているみたいよ」

先日も、「妹君のおかげで、大公閣下が以前より早く書類を仕上げるようになってくださいました」と侍従から礼を言われたのだ。大公は基本的に有能でありながらどこか適当なところもあったそうだが、リィナのおかげで最近では矯正されているそうだ。

「なるほど……これも愛の形、なのでしょうか？」

「ですね……なんだかんだ言って、リィナも大公様のことが大好きみたいだから」

万事に関してクールなのが利点でもあり欠点でもありそうな大公と、冷静にツッコミを入れて軌道修正してくれるリィナ。

（指輪が示したとおり、きっと二人の相性はいいのよね）

ふと、テレーゼはジェイドの顔を見つめていて、ふふっと笑いだしてしまう。

「……テレーゼ様？」

「ああ、ごめんなさい。初めてあなたが私の家にやってきた時のことを、思い出してしまって」

「……ああ、大公妃候補のお話をしに参上した時の」

「そう。今思うと私、あの時からジェイドの前では素顔を出してしまっていたなぁ、としみじみ感じられて」

十万ペイルという単語に反応し、女官と側近という就職先に目をらんらんと輝かせる変人令嬢を、ジェイドは静かな目で見守ってくれた。

（もしあの時ジェイドに受け入れられなかったら……いや、ジェイド以外の人が来ていたら……）

もしかすると、大公妃候補として城に向かうことはできなかったかもしれない。

そうなればこうやって、優しい風の中で笑うこともできなかっただろう。

リィナと出会うことも、リトハルト家の財政を持ち直すチャンスも、なかったかもしれない。

「思えば、全《すべ》てのきっかけはジェイド、あなただったように思うのよ」

「私ですか？……しかし私は偶然、あなたの担当になっただけですよ」

「そうかもね。でも、あなたがリトハルト家に来てくれたから……こんな私を見てもドン引――いえ、驚いたりしなかったから。だから私は心おきなく、お城で本懐を遂げることができたの。ありがとう、ジェイド」

人生、何が起こるか分からない。

分からないが、転機の鍵《かぎ》になってくれたジェイドに、心からの礼を送りたい。

ジェイドはしばし、静かにテレーゼを見つめていた。テレーゼが大公妃候補だった時から変わらない、凪《なぎ》のような穏やかな眼差《まなざ》しで。

……見つめていると、胸が苦しくなるような、真《ま》っ直《す》ぐな目で――

ジェイドの薄い唇が、何かを決心したように開かれる。

「……テレーゼ様」

「……はい？」

「全《すべ》てが終わった今だから申し上げます。私《わたし》は以前リィナ様に――もし、あなたが大公妃に選ばれたらどうするのか、と問われたことがあるのです」

「……はぁ」

テレーゼは首を傾《かし》げる。

(どうしてリィナは、そんな質問をジェイドに投げかけたのかしら？)

「その時私は、『新たなる大公妃の誕生を、心よりお祝い申し上げます』と優等生な回答をしました。……自分の心には、嘘《うそ》をついて」

「え、嘘なの？」

「はい。本当は……あなたが大公閣下の妃《きさき》になるなんて、考えたくなかった。あなたが大公妃ではなく女官を目指しているから、というのも理由のひとつではあるけれど、そんなのきれい事に過ぎない。俺《おれ》は、あなたを誰《だれ》かに奪われたくなかった」

「う、うん……？」

なんだか、ジェイドの中で何かが変わっているようである。

（確かジェイドの一人称は「私」だったし、口調ももうちょっと穏やかな感じだったはずだけど……）

自分の口調が崩れているのに気付いているのか気付いていないのか、ジェイドはわずかに顔をしかめて言葉を続ける。

「あなたが俺に向かって微笑《ほほえ》んでくれる。その微笑みを、大公閣下といえど他の男に見せたくないと思うようになった。できることならあのまま、テレーゼ様と俺とリィナ様、メイベル殿の四人だけでずっと過ごしたいとさえ思っていた。あの場所なら、あなたをかっさらう男が現れないから」

「え、ええ……？」

「俺は、あなたが心配なんだ」

思いきったように告げられた言葉に、さしものテレーゼも目を見開いて絶句する。

（ジェイドは……私のことが、心配……？）

彼の緑の目には、これまで見たことのない炎がちらついていた。いつの間にか彼に壁際まで追いつめられていたテレーゼは、自分を見下ろす男をぽかんと見上げる。

「いつも俺たちの手を引っ張って、先へ先へと走っていくあなた。夏の日差しよりも眩《まぶ》しくて、春の陽光よりも温かいあなた。……気が付けば、いつもあなたのことばかり考えていた。護衛対象としてではない。この気持ちに……もう嘘はつけないし、あなたが大公妃でなくなった今、嘘をつく必要もない」

「ジェイド……」

熱い思いを吐露するジェイドに、テレーゼはそっと手を差し伸べた。

(私、気付いていなかったのね)

一ヶ月間、あんなに近い場所で一緒に過ごしたというのに、気付かなかったなんて。

(私、馬鹿だわ。これじゃあ、クラリス様たちにお猿扱いされても仕方なかったわね)

「ありがとう、ジェイド。私もやっと、気が付いたわ」

「テレーゼ様……」

かすれた声でテレーゼの名を呼ぶジェイド。その目はどこか危険な光を宿しており、同時に何かを期待するような眼差しでもあった。

テレーゼは微笑み、大きく頷《うなず》くと――

「……ジェイドは、至らぬ点ばかりの私をこんなに気遣って心配してくれているというのに――私は、まったくそのことに気付けなかったわ！」

「……はい」

「でも、大丈夫よ！　私はもう、四人もの弟妹を持つお姉さんになったし、堅実なお仕事に就くこともできたわ！　これからはジェイドに心配されないような立派な淑女になってみせるわ！」

ジェイドの方に伸ばしていた――と思われていた手は今、ぐっと拳《こぶし》を固めていた。

テレーゼのきらきらの眼差しを見ていたジェイドの目からはいつの間にか、あの熾烈《しれつ》な炎が消え去り、どこか虚《うつ》ろになっていた。

ひゅう、と生暖かい風が吹く中、ジェイドはおそるおそる口を開く。

「……テレーゼ様。つまり、その、私があなたのことを心配しているというのは、能力的な面での危惧《きぐ》だと思われているのですね」

「えっ、違うの？　至らない点を、私を傷つけることなく指摘してくれたのでしょう？　ジェイドは本当に優しいわ！」

「……その……いえ、おっしゃるとおりです」

ジェイドが何かに迷っていたのは、ほんの数秒のことだった。

彼はすぐに元のように柔らかい笑みを浮かべると一歩身を引き、壁際に追いつめるような形になっていたテレーゼから距離を取ってくれた。

「あなたは少々危なっかしくて、見ているとはらはらしてしまいます。……でも、無理に直そうとしなくていいですからね」

「いいの？」

「はい。それがあなたらしいし、真っ直ぐ走っていくのが、あなたらしくていいと思いますよ」

真っ直ぐ走っていけばいい。

テレーゼはテレーゼらしくあればいい。

テレーゼの口元がほころぶ。

「……分かったわ。でも、リィナの姉として次期大公妃の女官として、ほどほどに改善していくからね。私がちゃんとできているか、見ていてね！」

「……はい。いつまでもあなたを見ております」

「ええ、よろしく！」

からりと笑ったテレーゼは、「頑張るぞー！」と声を上げながら、意気揚々と開放廊下を闊歩《かっぽ》していった。


ジェイドはふわふわ揺れるローズブロンドの髪を見つめていた。自分では思いきった告白をしたつもりだが、斜め上方向の回答をされてしまった。

だというのに、彼の眼差しは柔らかい。

「……とても、あなたらしい。今は、そんなあなたでもいいですよ」

ジェイドは目を細めてそう呟《つぶや》くと、廊下を吹き抜ける柔らかな風に髪をくすぐられながらゆっくりと、歩き出した。

＊　＊　＊

アクラウド公国のリトハルト侯爵家。

先代侯爵の時代に起きた大飢饉《だいききん》によって領土は壊滅状態となり、かの侯爵家は以降数十年にわたって貧しい生活を送らざるを得ない状況であった。

だが先日、長女テレーゼが大公の妃《きさき》候補として公城に上がったことをきっかけに、リトハルト侯爵家は次期大公妃の女性を養女に迎え、「大公妃を輩出する名門」という名誉を手にすることになった。

妃の支度金としてたんまりと金を頂戴《ちょうだい》し、長女テレーゼも女官見習として出仕することになった。これでリトハルト家は安泰、後世まで贅沢《ぜいたく》な生活を送ることができた——と思われたのだが。


「はぁい！　こちら、本日の目玉商品！」

アクラウド公国公都の空に、元気いっぱいな若い娘の声が響き渡る。

「こちら、小さいサイズのものは食器洗いに、大きいサイズのものは浴槽掃除にぴったり！　通常なら小サイズ一つ一ペイル、大サイズ一つ二ペイルですが、まとめてご購入くださった方にはなんと、おまけをつけちゃいますー！」

厚紙を丸めて作った拡声器越しに叫ぶのは、ローズブロンドを持つ美しい娘。だが髪はバンダナで雑にまとめているし、着ているのも道行く一般市民とほぼ変わらない質素なワンピースだった。

彼女の前の箱には色とりどり大小様々な毛糸たわしが詰め込まれており、道行く人たちは興味を惹《ひ》かれたように箱の中を覗《のぞ》き込み、購入を検討する者は娘と交渉を始める。

「はい、まいどありがとうございます！　あっ、奥様！　こっちのピンク色なんて可愛いですよ！

お風呂《ふろ》掃除も楽しくなっちゃうことうけあいです！……あっ、ありがとうございます！　それじゃ、ひとつおまけしますね！」

「……テレーゼ様、もうじき出仕のお時間です」

「もうそんな時間⁉」

嬉々《きき》として客を捌《さば》いていた娘は、中年の侍女に呼ばれて振り返る。すると客たちの中から、「おー、女官見習は大変だなぁ」「次のバザーに期待しているよ！」と声が上がり、娘は照れたように笑うと髪をまとめていたバンダナを外し、うーんと背伸びをした。

「よし、それじゃあ気合いを入れて次のお仕事に行かないとね！　みなさん、また今度ー！」

「……次期大公妃の姉君であり城仕えの女官である令嬢がバザーでたわしのたたき売りをするなんて、前代未聞でございます」

ため息をつく侍女に、娘はからっとした笑みを向けた。

「あら、お金はいくらあっても困ることはないでしょう。それに、『バザーに出るくらいなら構わない』と、女官長や大公様のお許しも得ているわ。……ひとまず領地を最低限整えることはできたけれど、これで満足するわけにはいかないわ。領民のため、エリオスたちのため、そしていずれ嫁ぐリィナのためにも、私はこれからもずっと、堅実を貫くわよ！」

ぐっと固めた拳を宙に突き上げ、堂々と宣言する娘——その名はテレーゼ・リトハルト。

女官という名誉な職についてもなお堅実を忘れることのない彼女は、今日も真っ直ぐ走ってゆく。

あとがき

こんにちは、瀬尾優梨《せおゆうり》です。

『大公妃候補だけど、堅実に行こうと思います』は、歯医者で順番待ちをしているときにふっと浮かんできたネタをもとにしています。結果、多くの方に読んでいただき、こうして書籍化することとなりました。当時の私《わたし》が聞いたら驚くと思います。ついでに、当時悩んでいた虫歯は最終的に神経を抜いてしまうのだと教えたら、さらに驚くと思います。保険適用外だったので諭吉《ゆきち》がたくさん飛んでいきました。

書籍化のお話をいただいて嬉《うれ》しかったのはもちろんですが、文章量は単行本にするにはかなり少なく、キャラクターの動かし方も未熟、ストーリーも弱いなぁ……と痛感していました。そうして、「書籍になるからには、しっかり叩《たた》き直《なお》した上でテレーゼの物語を皆に届ける」と決意しました。そのため、web掲載分とはキャラクターの性格、ストーリーなど、かなり変更しています。web版既読の方には、「web版とはちょっと違う、テレーゼの物語」として読んでいただけたら幸いです。

本作の主人公テレーゼは、明るくさっぱりした性格の美少女です。実家は諸事情により貧しいけれど、前向きな性格と堅実さで困難をも乗り越えてしまう、たくましい女の子です。そして大まじめにボケます。サブキャラクターのジェイドやリィナ、大公レオンもどちらかというと素でボケるタイプなので、メイベルはさぞ苦労していることでしょう。

そんな物語ですが、担当様のご指導のおかげでちゃんとした形にすることができました。キャベツとレタスの話に反応してもらえて嬉しかったです。好き勝手に暴走する作者（とテレーゼ）を温かく見守ってくださり、ありがとうございました。

挿絵担当の岡谷《おかや》様には、ポップでかわいらしいテレーゼや、どっちがヒーローか分からなくなる格好いいジェイドやレオンを描いていただきました。ラフをもらったとき、「うわっ……うちのテレーゼ、かわいすぎ……?」となりました。ありがとうございます！

それでは最後に。

出版に携わってくださった方、そして本作を読み、応援してくださった全《すべ》ての方に、心からの御礼を申し上げます。

カドカワBOOKS

大公妃候補《たいこうひこうほ》だけど、堅実《けんじつ》に行《い》こうと思《おも》います

2019年1月10日　初版発行

著者／瀬尾優梨《せおゆうり》

発行者／三坂泰二

発行／株式会社KADOKAWA

〒102-8177
東京都千代田区富士見2-13-3
電話／0570-002-301（ナビダイヤル）

編集／角川ビーンズ文庫編集部

印刷所／大日本印刷

製本所／大日本印刷

Printed in Japan
ISBN 978-4-04-107799-3 C0093

新文芸宣言

かつて「知」と「美」は特権階級の所有物でした。

15世紀、グーテンベルクが発明した活版印刷技術は、特権階級から「知」と「美」を解放し、ルネサンスや宗教改革を導きました。市民革命や産業革命も、大衆に「知」と「美」が広まらなければ起こりえませんでした。人間は、本を読むことにより、自由と平等を獲得していったのです。

21世紀、インターネット技術により、第二の「知」と「美」の解放が起こりました。一部の選ばれた才能を持つ者だけが文章や絵、映像を発表できる時代は終わり、誰もがネット上で自己表現を出来る時代がやってきました。

UGC（ユーザージェネレイテッドコンテンツ）の波は、今世界を席巻しています。UGCから生まれた小説は、一般大衆からの批評を取り込みながら内容を充実させて行きます。受け手と送り手の情報の交換によって、UGCは量的な評価を獲得し、爆発的にその数を増やしているのです。

こうしたUGCから生まれた小説群を、私たちは「新文芸」と名付けました。

新文芸は、インターネットによる新しい「知」と「美」の形です。

2015年10月10日
井上伸一郎